英国ちいさな村の謎⑥

アガサ・レーズンの幻の新婚旅行

M・C・ビートン　羽田詩津子 訳

Agatha Raisin and the Terrible Tourist

by M. C. Beaton

コージーブックス

挿画／浦本典子

この本をジャッキーとビラル、エミネとアルタイに愛と友情をこめて捧げる。

アガサ・レーズンの幻の新婚旅行

主要登場人物

アガサ・レーズン……元ＰＲ会社経営者
ジェームズ・レイシー……アガサの隣人
オリヴィア・デブナム……上流階級の観光客
ジョージ・デブナム……オリヴィアの夫
ハリー・テンプルトン……デブナム夫妻の友人
ローズ・ウィルコックス……労働者階級の観光客
トレヴァー・ウィルコックス……ローズの夫
アンガス・キング……ウィルコックス夫妻の友人
ムスタファ……旅行コーディネイター
ビラル……クリーニング店の店主
ジャッキー……ビラルの妻
ニアル・パミール……北キプロス警察の警部
サー・チャールズ・フレイス……準男爵
ミセス・ブロクスビー……牧師の妻
ビル・ウォン……ミルセスター警察の部長刑事

1

アガサ・レーズンは茫然としながら、自分の不運を呪っていた。死んだと思っていた、いやそう願っていた夫が現れたせいで、隣人のジェームズ・レイシーとの結婚がご破算になってしまったのだ。なんと夫は生きていた。もっとも、そのあとすぐに殺されてしまったが。でもジェームズといっしょにその殺人事件を解決したので、またよりを戻せるのではと、アガサは期待に胸をふくらませていた。しかし彼はさっさと北キプロスに旅立ってしまった。アガサを一人イギリスに残して。

コッツウォルズのカースリー村で暮らすうちに、アガサの性格は少し角がとれて丸くなってきた。とはいえ、メイフェアで経営していたPR会社を売却して早期引退し、田舎にひっこむまでは、なにしろ百戦錬磨のバリバリのビジネスウーマンだったのだ。その片鱗はまだ健在。というわけでアガサは断固としてジェームズを追いかけることにしたのだった。

キプロス島はふたつの地域に分かれていた。北にはトルコ系キプロス人、南にはギリシア系キプロス人が住んでいる。ジェームズは北に行った。その北キプロスで何が何でも彼を見つけだし、もう一度自分を愛してもらいたかった。

北キプロスは二人がハネムーンに行く予定の土地だった。なのに、一人でそこに行くなんて、まったくジェームズ・レイシーときたら思いやりのない無神経な人ね、と多少気力をとり戻したアガサは憤慨した。

牧師の妻が訪ねてきたとき、アガサは色鮮やかな夏物の服の山に埋もれていた。

「それを全部、持っていくつもりなの？」ミセス・ブロクスビーは目にかかった白髪をかきあげながらたずねた。

「どのぐらい向こうにいることになるかわからないもの。たくさん持っていくのに越したことはないわ」

ミセス・ブロクスビーはためらいがちにアガサを見た。それから口を開いた。

「ねえ、それって利口なことかしら？　だって、男性というのは追いかけられるのを嫌がるっていうでしょ」

「他にどうしろっていうの？」アガサはぷりぷりしながらいい返した。彼女はゴールドと黒のワンピースの水着を手にとると、ためつすがめつ眺めた。

「ジェームズ・レイシーって人は、どうも信用できない気がするのよね」ミセス・ブロクスビーは持ち前の穏やかな口調でいった。「冷たくて何を考えているのかわからない人だなって、実はずっと思ってたわ」

「彼のことをよく知らないからよ」アガサはジェームズをかばった。とたんに、ジェームズとベッドで過ごしたいくつもの夜が、あの嵐のような夜のことが頭をよぎった。ただし、ああした夜のあいだも、愛しているという言葉はついに聞くことができなかったのだ。「どっちみち、わたしには休暇が必要よ」

「あまり長く留守にしないでね。きっとわたしたちが恋しくなるわよ」

「あら、カースリーのどこを恋しがるっていうの？　婦人会に教会の慈善バザー、退屈ったらないわ」

「まあ、ずいぶんないい草ね、アガサ。あなただって楽しんでいたじゃないの」

でも、ジェームズのいないカースリーは、急に味気ない空虚な場所に感じられてきた。いたるところに、いらいらするような退屈がはびこっている場所。

「どこから出発するの？」

「エセックス州のスタンステッド空港よ」

「空港まではどうやって行くつもり？」

「車で行って、長期駐車場に停めておくわ」

「でもそんなに長く留守にするなら、駐車料金がかさむわ。わたしが送ってあげるわよ」

だが、アガサは首を横に振った。カースリーとはもう縁を切りたかった。穏やかな村人が暮らし、茅葺《かやぶ》き屋根のコテージが並ぶ眠たげなカースリー。カースリーにまつわるすべてのものを捨てたかった。

ドアベルが鳴った。アガサがドアを開けると、ビル・ウォン部長刑事が入ってきて、部屋を見回した。

「やっぱり行くんですね」彼はいった。

「ええ、止めようとしてもむだよ、ビル」

「レイシーという人間はそこまでするほどの価値はないんじゃないかと思いますよ、アガサ」

「わたしの人生よ、放っておいて」

ビルはにやっとした。彼は中国人とイギリス人のハーフで、二十代半ば。アガサにとって友人と呼べる初めての存在だった。というのもコッツウォルズに引っ越してくるまで、アガサは友情とは無縁の殺伐とした世界で暮らしていたからだ。

「そこまでいうなら行ってらっしゃい。母にトルコ菓子を買ってきてくれますか？」

「いいわよ」

「戻ってきたら、ぜひディナーに来てほしいって母がいってました」

アガサは身震いをこらえた。ミセス・ウォンは実に不愉快な女性で、その料理もぞっとするほどまずかった。

アガサはキッチンに行ってコーヒーを淹れると、ケーキを切った。三人はコーヒーを飲みながら、地元の噂話に花を咲かせた。たちまちアガサの決意は鈍りかけた。ジェームズと再会したとき、その顔が冷たくこわばる様子までまざまざと目に浮かんだ。でも、その想像を無理やり頭から追いだした。

いいえ、わたしは行くわ。もう決めたのよ。


以前、ヒースロー空港で人混みにもみくちゃにされたことを思うと、スタンステッド空港は快適そのものだった。出発ラウンジばかりか、ゲートでも煙草が吸えた。数人のイギリス人旅行者とキプロス在住イギリス人がいたが、キプロス在住者は服装を見れば、ひと目で旅行者と見分けがついた。女性はプリント柄のゆったりしたワンピース、男性は薄手のスーツかブレザーにネクタイと決まっていたからだ。そして全員がイギリス植民地時代にキプロスで育ったことをうかがわせる独特の英語を話した。キプロス・トルコ航空では、いまだに植民地時代の英国が幅をきかせているようだ。ゲートですわっているアガサの周囲では、おもにトルコ語が飛び交っていた。同じ便の乗客たちは、みんな山のような手荷物を持っていた。

出発便がアナウンスされ、最初に喫煙席の乗客が呼ばれた。うれしげに息を吐くと、アガサは飛行機に乗りこんでいった。これで退路は断たれた。もう後戻りはできない。

飛行機が灰色の雨空に飛び立ち、眼下にエセックス州の平らな土地が広がると、乗客全員がパチパチと一斉に拍手した。どうして拍手しているのかしら、とアガサは首をかしげた。みんな、わたしの知らない何かを知っているの？ そもそも、こうした飛行機が無事に離陸することは珍しいのかしら？

飛行機の車輪が格納されるやいなや「禁煙」のサインが消え、アガサはたちまち煙草の煙に包まれていた。彼女は窓際の席で、隣には大柄なトルコ系キプロス人の女性がすわっていて、ときどきアガサににっこり笑いかけてきた。アガサは本をとりだすと、読みはじめた。

飛行機は西トルコのイズミルにいったん立ち寄って一時間後に離陸する予定だったが、降下しはじめたとたんひどい乱気流にぶつかった。客室乗務員はカートにしがみつき、カートは危なっかしく左右にぐらぐら揺れた。アガサは声を殺して祈りはじめた。しかし、彼女以外は誰も怖がっていないようだった。乗客たちはシートベルトをしめて、楽しげにトルコ語でおしゃべりを続けている。キプロス在住者はこういうことに慣れっこになっているようで、アガサのような少数の旅行者だけが、イギリス人らしさをかなぐり捨てて恐怖心をあらわにしていた。

飛行機が空中分解してしまうにちがいない、とアガサが覚悟したとき、眼下にイズミルの明かりが見えてきて、まもなく着陸した。またもや全員が拍手し、今度はアガサもそれに加わった。

「怖かったわ」アガサは隣の女性にいった。

「あら、ちょっとしたお楽しみだよ」トルコ系キプロス人の女性はロンドンのイーストエンド訛りの英語で応じた。

一時間後、飛行機は再び飛び立った。トルコからキプロスに向かう機内では、硬くて四角いパンと機械で型抜きしたように見えるヤギのチーズ、それにサクランボのジュースが出された。

また飛行機が降下しはじめた。今回は雷雨にぶつかり、さらに激しく揺れる。狂ったように傾いたり跳ねあがったりしながら、飛行機は飛んでいた。ふと窓の外を見たアガサは、機体全体が青い稲光に包まれているように見えたのでぞっとした。相変わらず乗客たちはにこにこしておしゃべりをし、煙草をふかしている。

もはやアガサは黙っていられなくなった。「この天候で着陸するのはやめたほうがいいんじゃないかしら」彼女は隣の女性にいった。

「あら、どんな天候だって着陸できるって。パイロットはトルコ人で、腕がいいからね」

「ご搭乗のみなさま」なだめるような声が流れた。「もうすぐエルジャン国際空港に着陸いたします」

着陸すると、またもやにぎやかな拍手。アガサは外をのぞいた。雨が降っている。飛行機の後部からタラップを下りていったが、タラップは機体にきちんととりつけられていないらしく、上下左右にぐらぐら激しく揺れた。

帰りは泳いでいこう、とアガサは決心した。

滑走路に無事に降り立つと、息がつまるほどの熱気が押し寄せてきた。まるで温かいスープの中を歩いているようだ。げっそりしながらアガサは空港ビルに入っていった。民間飛行場ではなく軍用飛行場のようだった。実際、一九七五年まではイギリス空軍の飛行場だったし、それ以降ほとんど手が加えられていなかった。

入国審査の長い列に並んだ。多くのトルコ系キプロス人がイギリスのパスポートを持っているせいだ。飛行機で隣同士だった女性が背後でいった。「用紙をもらいなさいね。パスポートにスタンプを押させちゃだめだよ」

「どうして？」アガサは振り向いてたずねた。

「ギリシアに行くなら、パスポートにここのスタンプが押されていると入国させてもらえないんだよ。でも用紙をくれるから、そこにスタンプを押してもらって、あとでパスポートからはがして捨てちゃえばいいのさ」

アガサは彼女に礼をいって、用紙をもらってそれに記入すると、荷物用ターンテーブルのところに行った。

そしてひたすら待った。

「ちょっと、いったいどうなってるの？」アガサはいらいらして文句をいった。

誰も返事をしなかったが、数人がうれしげに彼女に笑いかけた。みんなおしゃべりをして、煙草をふかし、互いにハグしあっている。

押しが強く横柄なアガサ・レーズンは、どうやら世界一のんびりした人々の国にやって来たようだった。

ようやく荷物が出てきて、大きなスーツケースふたつをカートに積みこんで税関を通り抜けたときには、アガサは汗だくになり疲労のあまりふらついていた。

キレニアにある〈ドーム・ホテル〉を予約してあった。アガサはイギリスを発つ前にホテルに電話をかけて、迎えのタクシーを待機させておいてほしいと頼んでおいた。

空港の出迎えの人混みをざっと見たが、誰も迎えに来ていないようだった。そのとき、「ミセス・レシン」と書かれたカードを持っている男が目に入った。

「ドーム・ホテルに行く？」アガサはたいした期待もせずにたずねてみた。

「もちろん」タクシーの運転手は答えた。「大丈夫ね」

アガサはもしかしたらミセス・レシンとやらがタクシーを探しているかもしれないと思ったが、あまりにも疲れていたので気にしている余裕はなかった。

後部座席に身を沈めて、ほっと息をついた。曇った窓ガラスの向こうで、黒々とした闇が渦巻きながら後方に流れていく。タクシーは中央分離帯のある道路をおりると、軍の速度規制用障害物のあいだを通り抜け、険しい山道を上りはじめた。ぎざぎざの山が夜空を背景にそびえている。

そのとき運転手がいった。「キレニアね」右側のはるか下に、町の明かりが瞬いているのが見えた——あのどこかにジェームズ・レイシーはいるのだ。

〈ドーム・ホテル〉はキレニア（トルコ語ではギルネ）の波止場近くにある大きな建物だ。このあたりはかつて栄えていたが、現在は植民地時代の華やかさは色あせ、わずかにその面影を残すのみだった。〈ドーム・ホテル〉にはどこか親しみを覚えた。アガサはチェックインして荷物を部屋まで運んでもらい、エアコンをつけると、入浴して寝支度をした。疲労困憊《こんぱい》していたので、スーツケースの中身を出すのは明日にすることにした。

ベッドに体を伸ばした。疲れているのに、なかなか眠りは訪れなかった。何度も寝返りを打っていたが、とうとうベッドから出た。

カーテンを手探りで開け、窓と鎧戸《よろいど》も開ける。

小さなバルコニーに出ると、アガサのいらだちはすうっと消えていった。銀色の月の光に照らされた地中海が、穏やかに広がっている。夜気にはジャスミンの香りが漂い、潮のツンとする匂いもした。アガサはバルコニーの手すりに両手をかけ、暖かい空気を大きく吸いこんだ。眼下では波がやさしく岩場に打ち寄せ、左手には岩をくりぬいた海水プールがあった。

部屋に戻ってみると、首と腕に虫刺され跡ができていて、かゆくてたまらなかった。蚊だわ！　スーツケースの中から虫刺され薬のチューブをとりだし、たっぷり塗った。

それから窓と鎧戸を閉めてから、またベッドにごろんと横になった。

フロントに電話をかけた。

「もしもし？」眠たげな声が応じた。

「部屋に蚊がいるんだけど」アガサはガミガミといった。

「もしもし？」

「もう、けっこうよ」アガサは怒鳴った。

蚊がブンブン飛び回っていてまた刺されるのではないかと不安だったのに――ジェームズに会って、泳ぎに行くことになったときに、体じゅうみっともない虫刺され跡だらけになっているのはごめんだった――まぶたが落ちはじめた。

ドアがノックされた。「どうぞ」アガサは叫んだ。

ホテルの従業員がハエたたきを手に入ってきた。彼は黒い目で楽しげに部屋をぐるっと見回した。それから、力いっぱいハエたたきを振りおろした。

「やっつけました」彼は陽気にいった。

アガサはお礼をいって、チップを渡した。

またまぶたが重くなり、悪夢に落ちていった。なんとかして北キプロスに行こうとしているのに、飛行機は香港に進路を変えてしまうという夢だった。

朝、目を覚ますと、喜びがこみあげてきた。わたしはここキプロスにいる。このジャスミンの香りがする町のどこかに、ジェームズはいるんだわ。

しゃれた花模様のコットンドレスを着てサンダルをはくと、朝食に下りていった。レストランからは海が見晴らせた。

イスラエル人観光客がたくさんいたので、アガサは不思議に思った。ここはイスラム教の国だし、トルコ人イスラム教徒がユダヤ教に大きな敬意を払っているとは知らなかったからだ。さらにトルコ人とトルコ系キプロス人の区別ができるようになって初めて気づいたのだが、トルコ本土からも観光客がやって来ていた。一方、イギリス人は服装や青白いおどおどした顔つき、海外にいるときにいつも見せる妙に優柔不断な態度ですぐに見分けがついた。

レストランはエアコンがきいていた。アガサは黒オリーブや羊のチーズといった一風変わった食べ物が並ぶビュッフェから料理をとった。それからさっそくジェームズの行方を捜そうと、ホテルを出た。

とたんに強烈な熱気に襲われ、うめき声をもらした。骨の髄《ずい》までイギリス人であるアガサは、誰かに文句をいわずにはいられなかった。またホテルに戻ると、ずかずかとフロントデスクに歩み寄った。

「ちょっと、いつもこんなに暑いの？」彼女は不機嫌な口調で話しかけた。「ねえ、もう九月なのよ。夏は終わりでしょ」

「この五十年でいちばん暑い九月なんです」フロント係は平然として答えた。

「この暑さじゃ外を歩けないわ」

彼はどうでもよさそうに肩をすくめた。受付係はトルコ人だった。トルコ人だけが認める「独立国家」を作るだけあって、トルコ人のホテル従業員は決して客にへつらったりしないのだ。

「セーリングはいかがですか？　港でそのあたりを一巡りするヨットに乗れますよ。水の上のほうがずっと涼しいでしょう」

「時間をむだにしたくないのよ」アガサは答えた。「ある人を捜してるから。ミスター・ジェームズ・レイシーというんだけど。ここに泊まっているかしら？」

フロント係は宿泊名簿をチェックした。

「いいえ」

「じゃあ、北キプロスにあるホテルのリストをもらえない？」

「いいえ」

「どうして？」

「そういうものはありませんから」

「まあ、あきれた！　車を借りられる？」

「ホテルの隣で。アトランティック・レンタカーです」

ぶつぶついいながら、アガサは外に出て、ホテルの隣にあるレンタカー店の狭いオフィスに入っていった。もちろん、車を借りられますよ、イギリスの小切手でも支払いができます、といわれた。「道路はイギリスと同じで左側通行です」レンタカー店の担当者は完璧な英語でいった。

アガサは用紙にサインしてレンタカー代を支払うと、さっそく、ルノーのハンドルを握って、混雑したキレニアの通りを走りはじめた。他のドライバーはのろのろ運転だったが、運転マナーは実にいい加減だった。誰一人として、右折や左折のウィンカーを出していないようだ。メインストリートの駐車区画に停めたとき、ハンドバッグに北キプロスのガイドブックが入っていることを思いだした。出発前にオックスフォードのディロン書店で買っておいたものだ。そこにはきっとホテルのリストが掲載されているだろう。ジョンとマーガレット・グールディングが書いたガイドブック『北キプロス』は、なんとコッツウォルズのモートン・イン・マーシュにあるウィンドラッシュ・プレスから発行されていた。そのことはアガサにとって幸運の兆候のように感じられた。思ったとおり、キレニアのホテルのリストが載っていた。彼女は〈ドーム・ホテル〉の部屋に戻ると、次々に電話をかけていったが、どのホテルでもジェームズ・レイシーは宿泊していないという返事だった。

そこでエアコンのきいた部屋で、キレニアについてのガイドブックを読みふけった。同じトルコ語ではギルネだが、今ももっぱら古いほうの名前キレニアが使われていた。同じようにニコシアはレフコシアになったものの、いまだにニコシアと呼ばれることのほうが多い。キレニアはキプロス北部の小さな港町で、有名な美しい港や城があり観光の目玉になっている。十九世紀に英国の支配になってから港は改築され、ニコシアまでの道路が建設された。一九七四年にトルコ人がギリシア人に殺されるのを守ろうとしてトルコ人が上陸し、島が分割されるまでは、キレニアは引退後に暮らす町としてイギリス人移住者に人気だった。

アガサはガイドブックを置いた。新しい港という記述に、フロント係にクルージングを勧められたことを思いだした。

再びホテルから出ると、目がくらみそうな熱気の中を港まで歩いていった。シーフード・レストランの柳細工の椅子のあいだをうろうろして、ようやくクルージングを宣伝している看板を発見した。〈メアリー・ジェーン〉号というヨットだ。アガサが看板を眺めているのに気づいた船長がタラップを渡って声をかけてきた。クルージングの料金は二十ポンドでビュッフェのランチつき。出航は三十分後だから、ホテルに戻って水着をとって来る時間もあるよ、と船長はいった。

アガサはチケットを買うと、すぐに戻ってくると伝えた。あまりにも暑くてジェームズのことを考える気にすらなれなかった。潮風に吹かれてのクルージング、ああ、考えただけでわくわくする。ジェームズのことは後回しだわ。

おそらく暑さのせいでぼうっとしていたのだろう、アガサはなぜか乗客は自分だけだと思いこんでいた。しかし他にも八人のお客がいて、全員イギリス人だった。

まず上流階級の三人組、男性二人と女性一人は高価な服をこれみよがしに着込み、大声で騒々しくしゃべっていた。片方の男性は年配で、黄ばんだ白い口髭を生やし眼鏡をかけている。頭頂部の禿《は》げた部分が日に焼けてピンク色になっていた。もう片方の男性は長身でやせていて顔色が悪く、どうやら女性と夫婦のようだった。女性のほうも長身でやせていて顔色が悪かったが、胸は豊かで色気たっぷりだった。三人とも上流階級らしさといえば鼻持ちならない部分だけで、上品さなどかけらもない連中だった。お互いに話すというより怒鳴るようにしゃべり、他の乗客のことは「おお、いやだ」という目つきで見下していた。その軽蔑のこもった視線は、とりわけローズという女性に注がれているようだった。

そのローズという中年女性は染めたブロンドの髪の根元に黒い部分がのぞき、長くほっそりした指にいくつもダイヤの指輪をはめていて、二人の男性といっしょだった。片方の男性はかなりの年配で、もう片方は中年。こちらの三人も、上流階級の三人組を鏡に映したかのようだ。ローズはセックスアピールをふりまいていたし、中年男性は彼女の夫のようで、年配の男性は友人だった。

アガサは彼らとしゃべらずにすむように、本か新聞を買っておけばよかったと思った。船長が乗客同士を紹介した。上流階級の三人組はオリヴィア・デブナムと夫のジョージ、それに夫婦の友人のハリー・テンプルトン。労働者階級の三人組は先ほどのローズ・ウィルコックスと夫のトレヴァー、それに友人のアンガス・キングだった。トレヴァーは太鼓腹で、けんかっ早そうな顔つき、分厚い唇に短く刈り上げた金髪。アンガスは年老いたスコットランド人で、開襟シャツからたるんだ胸元がのぞいている。ローズとトレヴァー同様、アンガスもかなりの金持ちのように見えた。というか、労働者階級といっても、おそらくサッチャー政権のあいだに財を築いたエセックスの新興成金なのだろう。きっと、軽蔑のこもった視線を向けている上流階級の連中を手玉にとれるぐらいの金を持っているにちがいなかった。それから、陰気な夫婦、アリスとバートのターファム＝ジョーンズ夫妻はささやくような声で自己紹介をした。オリヴィアは鼻先でせせら笑うと、ちかごろのハイフンでつながった姓って昔とちがって重みがないわね、と聞こえよがしにひとりごとをつぶやいた。

オリヴィア、ジョージ、ハリーに嫌悪を感じたアガサは、小さなバーを占領している三人を避けて、船首にすわっているそれほど品のよくない連中のほうに加わることにした。

ローズはけたたましい馬鹿笑いをしながら、河口域英語として知られるようになった「t」をはっきり発音しないしゃべり方をした。しかし、アガサはしだいにローズに興味をひかれていった。ローズはおそらく五十代だろうが、どこかお人形さんのような外見を保っていた。ふっくらした唇、つけまつ毛とはいえ魅力的なまつ毛。襟ぐりの深いフリルつきサンドレスからのぞく胸は完璧で、ハイヒールのストラップサンダルをはいた長くて細い脚は褐色に日焼けし、すべすべしている。首筋と口や目の周囲にしわがあるものの、ちょっとした仕草や身のこなしのすべてが、ベッドでは絶対に満足させてあげる、と露骨にアピールしていた。

トレヴァーはローズにぞっこんで、年配のスコットランド人アンガスも同じ気持ちらしかった。会話の断片から、トレヴァーは羽振りのいい配管会社を経営しており、最近知り合ったアンガスは引退した商店主だとわかった。物静かな夫婦が本をとりだして読みはじめたので、会話はもっぱらアガサ、ローズ、トレヴァー、アンガスで進んでいった。

ローズは何度かうっかりを装って、自分が読書家であることを漏らした。そのたびに、頭の悪いかわいいだけの女という役割を思いだしては、あわててその役に戻るかのようだった。お金があるからそれで満足しているのかしら？　指にいくつもはめた指輪のダイヤモンドは本物だった。

乗客たちはヨットから海に飛びこんで泳いだ。アガサは泳ぎが得意だったが、体調が万全ではなかったし、海岸はヨットから見たときよりもずっと遠くにあったので水遊び程度にしておくことにした。他の連中から離れてほっとしながら、アガサは浅い場所で仰向けに浮いた。ジェームズと会うことを想像しながら、照りつけてくる太陽がまぶしくて目を閉じた。そのとたん、岩にぶつかった。平らな岩で、ドシンというよりもコツンという感じで当たったのだが、ぞっとしながら足をばたつかせ、あせって体を起こした。前回かかわった事件で、アガサは殴られて意識を失い、あわや生き埋めにされかけたのだが、その恐怖をまだ克服していなかったようだ。

自分の心臓がドキドキいっているのが聞こえる気がした。何度か深呼吸して、エメラルド色の海の中にしゃがみこむ。水の深さはそのぐらいしかなかった。

イブラヒムという名前の船長はあたりを泳ぎ回って、乗客が誰も溺れていないか、心臓麻痺でも起こしていないか確認していた。いっしょに船に乗ってきた妻はフェルダという名前で、黒いショートヘアだった。彼女はランチを用意しているところで、皿やグラスのカチャカチャいう音が海面を伝わってアガサのところまで聞こえてきた。

ローズの夫トレヴァーの大柄な体はみっともないサーモンピンクに日焼けし、ヨットのわきの梯子を上っていた。途中で足を止めると、振り向いて湾の向こうを不穏な目つきでねめつけた。

何に注意を引かれたのだろうと、アガサもそちらに目をやった。アガサから少し離れた浅瀬にローズとオリヴィアの夫ジョージが並んで立っていて、くすくす笑いあっていた。

オリヴィアのほうは、力強いバックストロークの背泳ぎでヨットの近くを行ったり来たりしている。トレヴァーはまだ梯子の途中にいた。そこへ年配の友人男性二人がヨットに戻ってきて、ハリーが梯子のところにいるトレヴァーの背中を軽くたたいた。するとトレヴァーが突然向きを変えてまた海に飛びこんだので、あやうく二人の老人たちとぶつかりそうになった。彼は妻めがけて泳ぎはじめた。ローズは夫がやって来るのを見ると、ジョージをおいてすぐに夫のほうに泳ぎはじめた。

アガサはそこにすわったまま孤独を楽しんでいた。ジェームズのことを忘れてまた自由になれたらいいのに、あの人のことをしじゅう考えたり執着したりせずに、のんびりと休暇を楽しめたらいいのに、とふいに心から思った。そのとき、ヨットから呼ばれているのに気づいた。ランチが出されるようだ。アガサはしぶしぶ戻っていった。ローズに対していっとき抱いた興味も消え、他の乗客全員に対する不快な気持ちだけが残っていた。アガサはヨットまで泳いでいった。梯子を上るときに、ぽっちゃりしたおなか回りが気になった。ジェームズに会うまでにシェイプアップしておかなくては。

ランチはなかなかのものだった。サービスのワインと、おいしいチキンと新鮮なサラダ。他の乗客もそうだっただろうが、アガサもぼったくられなかったことに気をよくして、労働者階級の三人組、ローズとその夫と友人の会話に仲間入りした。しかし、オリヴィアの夫のジョージは、バーからローズをちらちら見ていた。ジョージが妻になにやらささやくと、オリヴィアのほうは聞えよがしに答えた。「今日は低俗な人たちと話す気になれないわ」

若者同士がこういう海外のセーリングで知り合ったら、下船するときに連絡先を交換したり、夜にまた会おうといって別れるだろう。だが、中年と年配者からなるグループは、無言の同意によって、ただうなずき微笑みあって解散した。もっとも帰りのクルージングはとても楽しかった。というのも、アガサは探偵仕事についてあれこれしゃべり、自分の敏腕ぶりをかなり脚色して手柄話を披露できたからだ。

とはいえ、古い城の陰になったキレニア港にヨットが滑りこむと、アガサもただださよならといって立ち去った。オリヴィアのグループは全員が〈ドーム・ホテル〉に泊まっていた。運がよければ、彼らを避けられるだろう。アガサにはもっと重要な使命がある。

ジェームズを見つけなくてはならないのだ。

その晩はホテルで食事をしたくなかったので、ガイドブックを調べて、なかなかよさそうな〈ブドウの樹〉というレストランを選んだ。自分で運転するのは面倒だったので、短い距離だったがタクシーを拾って行った。いい選択だった。レストランはオスマン帝国時代の古い屋敷の庭園に建っていた。アガサはワインとメカジキのケバブを注文し、独りぼっちだということを考えまいとした。

庭園にはジャスミンの香りが濃厚に漂い、イギリス人の声があっちでもこっちでも聞こえた。当店はイギリス人在住者にとても人気なんですよ、と食事を運んできたキャロルというブロンドの女性がいった。たしかに北キプロスにはイギリス人がたくさん住んでいた。キレニア郊外にカラマンというイギリス人だけの村を作っているほどだ。そこには「でたらめ」などという名前がつけられた家が立ち並び、英語の本の図書館と〈カラスの巣〉というパブがあるらしい。

持ってきたペイパーバックをロウソクの炎で読もうとしていると、キャロルがメモを持ってきた。そこには「こちらに合流しませんか」とだけ書いてあった。

レストランを見回した。中央のテーブルに、ローズと夫と友人、それにオリヴィアと夫と友人がすわっていた。全員がにこにこして、アガサのほうに手を振っている。

ありえない組み合わせの人々がいっしょにすわっていることに好奇心を覚えて、アガサは皿とワインを手に、彼らのテーブルに移動した。

「びっくりしたでしょう?」ローズがいった。「わたしたち、通りをぶらぶら歩いていたら、トレヴァーがいったの、『あれ、オリヴィアじゃないのか?』って」アガサはオリヴィアが顔をしかめるのに気づいた。「で、ジョージが『いっしょに食事でもどうかな』って提案してくれて、こうしてみんなそろってるってわけなの! ねえ、おもしろいわよね!」

驚いたことに、オリヴィアはローズたちに礼儀正しくしようと努力しているらしかった。しゃべっているうちに、彼女の夫のジョージは最近外務省を退職し、友人のハリー・テンブルトンは農場主で、オリヴィアはアガサについて聞いたことがあるということがわかった。というのも、デブナム家はコッツウォルズのロワークランバーに屋敷を所有していたからだ。

ワインのボトルが回され、ローズはいよいよ活気づいた。彼女は二面性を持っているようだった。みだらな酒場女さながら、レストランじゅうに響き渡るほどの大声で笑った。それはジンをがぶ飲みし、一日に六十本の煙草を吸う人間ならではのしゃがれた笑い声だった。ジョージがテーブルの下で脚を組んだ拍子に、その足先がローズの脚をかすめた。ジョージは謝り、ローズはきゃあきゃあいいながら笑った。「かまわないわよ」彼女はやせて尖った肘で彼を小突いた。「あなたの狙いはわかってるわ！」

現地でお勧めされるがまま、まさかケバブの串に直接かぶりつく人間などいないだろうとアガサは思っていた。しかしローズはやってのけた。そしてわざとだろうが、ごく簡単な言葉を聞きまちがえてみせた。ロンドンに戻ったときにシティで仕事があるから、また地下鉄《チューブ》のストライキがあったら困る、とジョージがいったときのことだ。

「おっぱい《ブーブ》ストライキですって」ローズははしゃいで叫んだ。「オリヴィアがあなたのお楽しみを禁じているの？」

アガサがじろっとローズを見ると、ローズは「リューシストラテーみたいにね」と唇の動きだけでアガサに伝えた。これほど下品なローズがギリシア神話を知っているなんて、とアガサは首をかしげた。アガサもつい最近になって古典を読むようになったのだ。おまけにこちらがその二面性に気づいていることを、なぜかローズは見抜いていた。

知性のある女性がどうして粗野なトレヴァーと結婚し、アンガスのような退屈な商店主とつきあっているのだろう？

アンガスは寡黙で、何かいうときも、スコットランド訛りでのんびり口にした。「スコットランドの教育は世界一だからなあ、うん」だしぬけにそういったりする。万事そんなふうだった。

オリヴィアは明るい笑みを顔に貼りつけて、みんなに話をさせようとしていた。そして、それはとてもうまくいっていた。ただしローズを嫌っていて、トレヴァーを田舎者だと見下していることはうまく隠しおおせていなかったが。オリヴィアはホテルの上階の男がバスタブに湯をあふれさせたせいで、彼女らの部屋の天井裏にまで水が浸みだしてきたが、男は自分が悪いことを認めず、窓を開けっぱなしにしたので雨が吹きこんだのだと主張している、という話を披露した。

意外にも、翌日ファマグスタのオセロの塔まで出かけることに全員一致で決定し、アガサもいっしょに参加しないかと強く誘われた。レンタカーで行くということだった。だがアガサは断った。明日はジェームズ・レイシーを捜す日だ。本当なら今ごろ二人はキレニア郊外の貸し別荘でハネムーンを過ごしているはずだったのだ。アガサはまずその別荘を突き止めるつもりでいた。

トレヴァーが勘定を支払うといい張り、人生で初めて億万長者になったよ、と軽口をたたきながら、トルコリラの分厚い札束をとりだした。アガサはホテルまで歩いていくことにして、車で送っていこうという申し出を断った。都会慣れしていたから、この町なら安全だとわかったし、一週間早く来ていたローズも、ここでは男性に誘われることなんてまずなさそうだわ、と少し残念そうに話していた。ローズはハンドバッグをひったくられたり、店でごまかされたりする危険もないといっていた。そこでアガサは市庁舎を通り過ぎ、キレニアのメインストリートをぶらぶら歩いていった。

ジェームズを見つけたのは、そのときだった。

胸がキュンとなった。彼はあの見慣れた大股のゆったりした足どりで前方を歩いていく。アガサはくぐもった叫び声をあげると、ハイヒールで走りだした。彼はスーパーマーケットの角を曲がった。アガサはジェームズの名前を呼びながら走り続けた。だが、彼女が角を曲がったとき、その姿は消えていた。かつてアガサはフランス映画《天井桟敷の人々》を観たことがあったが、それはまさに主人公が必死に愛する人に追いつこうとするラストシーンみたいだった。

トルコ人兵士が行く手に立ちふさがり、どうかしたのかとたどたどしい英語で心配そうにたずねてきた。

「友人を、友だちを見かけたの」アガサは息を切らしながらわき道に目を向けた。「この通り沿いにホテルはある？」

「いいえ、ここはリトル・ターキー地区ね。金物屋、カフェはある。でもホテルはない。すみません」

だが、人気《ひとけ》のない店をのぞきこみ、路面の穴につまずきながら、アガサは進んでいった。そのとき〈ベヤズ・ギュル〉、白いバラという意味のクリーニング店の明かりが目に入った。シャツ姿の男がドライクリーニングの機械の前で働いていた。アガサはドアを開けて入っていった。

「いらっしゃいませ」

人好きのする、聡明そうな顔立ちをした小柄な男性だった。

「英語を話せるの？」

「ええ、イギリスで看護師としてしばらく働いていたので。妻のジャッキーはイギリス人です」

「それはよかったわ。ねえ、友人がさっきこっちのほうに行くのを見かけたのよ。でも消えてしまったの」

「行き先はわかりかねますが、まあ、おすわりください。わたしはビラルといいます」

「アガサよ」

「コーヒーはいかがですか？　夜のほうが涼しいので遅くまで仕事をしているんです。やれるときに、できるだけたくさん仕事を片付けておこうと思いましてね」

アガサはふいに疲れを覚えた。失望のあまり泣きたくなった。

「いえ、ホテルに戻るわ」

「北キプロスはとても狭いんです」彼は同情をこめていった。「そのうち、きっとご友人に出会えますよ。〈ブドウの樹〉はご存じですか？」

「ええ、今夜そこで食事をしてきたわ」

「そこで訊いてみるといい。イギリス人は必ずあそこに行きますから」

ビラルは四十代半ばのようだったが、なぜかビル・ウォンを思いださせた。

「ありがとう」アガサは立ち上がりながら礼をいった。

「ご友人の名前を教えてください」ビラルはいった。「何か情報をつかめるかもしれない」

「ジェームズ・レイシーよ。退役した大佐なの。五十代で背が高くて青い目、白髪交じりの黒髪」

「あなたは〈ドーム〉にご滞在ですか？」

「ええ」

「お名前を書いてください。物覚えが悪いので」

アガサは名前を書いた。「クリーニング店って、看護師がするにしては妙なお仕事ね」

「すっかり慣れましたよ。最初はひどいミスをしでかしましたけど。スパンコールをちりばめたトルコのウェディングドレスを出されて、ドライクリーニングの機械に入れてしまったんです。でも、スパンコールはプラスチックでできているので、全部溶けてしまいましてね。それから、オリーブオイルとワインまみれの四十年ぐらい前に買ったスーツを持って、山岳地帯からやって来た人もいた。それを新品みたいにしてくれといわれました」彼は大げさなため息をついてみせた。

「彼のことはともかく、また会いに来ていいかしら？」アガサはたずねた。

「いつでもどうぞ。いっしょにコーヒーを飲みましょう」

少し元気になって、アガサは店を出た。それからまた通りを歩きまわった。カフェの外にすわってバックギャモンをしている男たちがいた。短音階のトルコの音楽が大音量でかかっている。耳について離れない悲しげな曲だった。

とうとうアガサは捜索をあきらめ、ホテルに戻ったが、その前に〈ブドウの樹〉に寄ってみるべきだったと気づいた。明日にでも行ってみよう。


翌朝目覚めると、まぶたが重く、全身に汗をびっしょりかいていた。シャワーを浴び、ゆったりしたコットンのドレスにぺたんこのサンダルをはいた。チーズを詰めたペストリーで軽い朝食をすませると、ふと閃《ひらめ》いてレンタカー店に行った。

「ミスター・レイシーに車を貸しませんでした？」彼女はたずねた。

「ええ、貸しましたよ。ミセス・レーズンですね？　わたしはメフメット・チャヴァッシュです。実は、ミスター・レイシーは今朝、レンタル期限を延長されたんです」

「いつ？」

「一時間ほど前です」

「もしかして……今日どこに行くか、いってなかった？」

「ガズィマウサに行くようなことをいってましたが」

アガサはポカンとした。

「たぶんファマグスタという地名でご存じでしょう」親切に言葉を添えてくれた。

「どうやって行けばいいの？」

「郵便局を通り過ぎて」彼は壁の地図で示した。「ここです。それからこの道で山を越える。そこから中央分離帯のあるファマグスタ・ロードに出ます。空港から来るときに通ったはずですよ」

「ええ、そうだったわね」

アガサは出発した。環状交差路《ラウンドアバウト》を回って、イギリスの植民地時代を彷彿とさせる建築物の郵便局を通過し、山をめざした。外は猛烈な暑さだったが、アガサはほとんど気にならなかった。車のエアコンが作動していたのだ——かろうじて。

山肌はむきだしで草木一本なく、前年の森林火災のせいで黒く焼け焦げていた。山から下りていくと、軍の速度規制用障害物があった。道路わきで警備についている兵士が彼女に手を振り親指を立ててみせたので、アガサは希望に胸をふくらませた。前方でファマグスタとジェームズが待っている。そのとき、彼の車のナンバーを聞いておけばよかったと気づいた。レンタカーであることを示す赤いナンバープレートをつけていると、どの車も同じように見える。それに、メフメットはたぶんジェームズの滞在先を知っていただろう。

慎重に制限速度を守りながら、ふたつの村を通り抜け、ファマグスタ・ロードに出た。それは昔の鉄道線路に沿って走っていて、メサオリア平原を突っ切るように前方にまっすぐ延びていた。速度制限はなかった。

アガサはアクセルを思い切り踏みこみ、かなたの地平線めざして車を駆った。

2

トルコ人にはガズィマウサと呼ばれているファマグスタは北キプロスで二番目に大きな都市で、主要な港町だった。ファマグスタはシェイクスピアの『オセロ』の二幕から五幕の舞台だと考えられている。

かつてヴェネチアの城塞都市だったこの町で、大部分の住民は旧市街を囲む古い城壁の外側に住んでいる。アガサは最初、あまりにも町が大きくまとまりなく広がっていることにとまどったが、古い歴史が残る中心部に行くことにした。おそらくジェームズ・レイシーはそこで観光をしているだろう。車を城壁の外の横町に停めると、徒歩で正門らしきものをめざした。キレニアを出発したときの暑さもひどかったが、ファマグスタの暑さは度肝を抜かれるほどだった。〈ブドウの樹〉で会ったイギリス人観光客たちがオセロの塔に行くといっていたことを思いだした。たぶんジェームズもそこに行っているだろう。アガサはさまざまな店で塔への道順をたずねた。ほとんど

の人が英語を話せなかったが、とうとう小さなドレスショップの女性が長いメインストリートの先を指さした。アガサは暑さにくらくらしながら歩いていき、ようやく広場にたどり着いた。なんとありがたいことに、そこには大きな観光地図があった。ほっと安堵のため息をついたとき、地図がすべてトルコ語で書かれていることに気づいた。しかも、現在地を示す矢印もない。

罵《ののし》りながら、アガサは通りの標識を探したが、何もなかった。もう一度地図を眺めているうちに、とうとう塔を見つけた。塔は海辺にあった。それだけはどうにかわかった。広場の向こうの通りのはずれに古い城壁が見えている。アガサはその方向に歩きだした。角のカフェでたずねると、オセロの塔は左側にあるという。ようやく、塔が見えてきた。

アガサはチケットを買って中に入った。九メートルある城壁の日陰に入って城壁のてっぺんまで上ると、港のおもしろみのない風景をわびしい思いで眺めた。

キレニアにいて、例の別荘を探したほうがよかったのかもしれない。暗い気持ちで城壁のてっぺんをうろついた。日差しは体を貫くほど強烈だった。汗で全身がべとつき、年老いて、みんなにそっぽを向かれているような気がした。塔まで歩いてきた通りを見下ろすと……ジェームズがいた！

彼は広場のほうに戻っていくところだった。あの馬鹿げた地図のある広場だ。

アガサは彼の名前を必死に叫んだが、ジェームズはそのまま歩いていく。階段を駆け下り、暗い廊下を通り抜けたところで、アガサはローズとオリヴィアのグループにばったり出くわした。

「アガサ！」ローズが叫び、彼女の腕をつかんだ。「あらまあ。いっしょにいらっしゃいよ」

「用があるの」アガサは叫んで、腕を振りほどいた。

アガサは無我夢中で走った。今回はぺたんこのサンダルをはいていてよかったと思いながら。しかしジェームズはまた姿を消してしまった。ゆうべのように必死に捜し回ったが、成果はなかった。とうとうカフェの椅子にすわりこみ、ミネラルウォーターを注文した。アガサが座った正面に鏡があった。若い頃だったら、しゃれたボブのつややかな茶色の髪、小さなクマみたいな目、ふくよかな唇、がっちりしてはいるけれどひきしまった体、きれいな脚をしたアガサ・レーズンがそこにいただろう。しかし鏡の中にいたのは、湿った髪、汗まみれの赤い顔、しわくちゃの服の疲れた中年女性だった。身だしなみを整えなくては。さもなければジェームズはこの姿をひと目見たとたん、逃げていくにちがいない。

気持ちがしだいに落ち着いてきたので、もう少し涼しくなるのを待ってキレニアに戻り、アトランティック・レンタカーのメフメットにジェームズが車を借りるときに書いた住所を教えてもらうことに決めた。

やれやれと小さくため息をつく。わたしの探偵能力なんて、この程度なんだわ。車を停めた場所までかなり苦労して戻ると、長く暑い道をゆっくりと走ってメサオリア平原を越えた。そこでは鳥も鳴いておらず、小さなオリーブの木が数本ある以外、草木もまったく生えていなかった。道には砂ぼこりが舞い上がり、酷暑の中でゆらめいていた。

アトランティック・レンタカーのメフメットはジェームズの住所を教えることに慎重だった。しかししつこく懇願されたあげく、相手はホテルの客だし、イギリス人だし、教えてもかまわないだろうと決断を下したようだ。メフメットが明かした住所は、ジェームズが以前アガサに告げていた住所だった。すっかり忘れていたが、ハネムーンを過ごす予定だった場所だ。メフメットはまた地図のところにアガサを連れていった。ニコシア・ロードを行き、右手に見えてくるはずの〈オナル・ヴィレッジ・ホテル〉を過ぎたら、次の角で左に曲がると、左側の四軒目がめざすヴィラだと教えてくれた。

アガサは夜まで待つことにした。それまでに入浴してすっきりしておこう。髪を洗ってつやが出るまでブラッシングし、肌をきれいに見せる色のファンデーションを赤い肌に塗った。ゴールドのシンプルなシルクのシフトドレスを着て、イヴ・サンローランのシャンパーニュを噴きつけると、まだ暑い夜の中に出ていき車に乗りこんだ。

もうじきジェームズに会えると思うと、気が重くなった。拒絶されるのではないかと怖かったのだ。

ニコシア・ロードをおりると、穴ぼこだらけの道を進みながら、四軒目のヴィラの外に駐車した。大きなミモザの生け垣があって建物は道路から見えなかった。

アガサは門を開けて入っていった。ドアをノックして待った。返事はなかった。

建物の横手に回りこむと、レンタカーが停めてあるのが見えた。広いテラスの大きな一枚ガラスの窓にはカーテンがなく、光が外にこぼれている。

中をのぞいた。ジェームズはガタガタのテーブルについて、ノートパソコンのキーボードをたたいていた。髪に白いものが増えたことに気づいて、アガサは胸が少し痛んだ。ほうれい線も少し深くなっているみたい。

おどおどとアガサはガラスをたたいた。

二人は長いあいだ、ガラス越しに見つめあった。

それからジェームズは立ち上がって窓を開けた。

「こんばんは、アガサ」彼はいった。「どうぞ中へ」

驚きや喜びの声はあげなかった。歓迎の言葉もなかった。

アガサは部屋を見回した。そこは大きなリビングで、じゅうたんも敷かれていなかった。テーブルと椅子を別にしたら、へたったソファと二脚の肘掛け椅子があるだけ。木材部分に色あせた金めっきがほどこされた、中東では「キャンズ」と呼ばれるルイ十五世様式の家具だった。

「何か飲むかい?」ジェームズが訊いた。「氷はないんだ。冷蔵庫が使えないから」

アガサはジェームズのあとから狭いキッチンに入っていった。冷蔵庫がどうして使えないのかすぐにわかった。プラグがついていなかったのだ。冷蔵庫のドアを開けてみた。中は汚らしく、古い食べ物がこびりついていた。

「豪華なヴィラとはいえないわね。ぼったくりじゃないの」

「たしかに」ジェームズはふたつのグラスにワインを注ぎながらいった。「古くからつきあいのあるコーディネイターのムスタファは、いつも最高の仕事をしてくれたんだ。昔はあらゆるものをわたしのために手配してくれた――住まい、家具、飛行機のチケット――何でも。この場所にも前金でひと月分払ってある。何度も彼に電話をかけているんだが、いつも話し中なんだよ」

「どこにいるの？」

「ニコシアの〈グレート・イースタン〉というホテルを経営している。明日そこに行って、どういうつもりか問いただしてくるつもりだ。ベッドにシーツすらないんだよ。古いカーテンがあるだけで」

「いつからここにいるの？」

「二週間前」

「そんなに我慢していたなんてびっくりだわ！　あなたらしくもない」

「平和と静けさがほしいだけだったから。きみはどこに泊まっているの？」

「〈ドーム・ホテル〉」

「それはいいね。ここには電話もないから、〈オナル・ヴィレッジ・ホテル〉の電話を使わなくちゃならない。電話会社にとりつけてほしいと頼んだんだが、ムスタファがこれまで滞納している料金を支払うまではだめだと断わられた。今もって彼は払っていないようだ。もしかしたら病気なのかもしれないな。昔はりっぱな人間だった。少々乱暴者だったが、あらゆる人のために尽くしていたんだが」

「たんにあなたの役には立ったということでしょ、きっと」アガサは苦々しくいった。彼女に黙ってキプロスに来たことについて話し合いたかった。でも、ジェームズは腹を割った話し合いはしたくないようで、よそよそしい態度をくずさなかった。

「どのぐらいこっちにいるつもり？」ジェームズがたずねた。

「わからないわ」アガサは答えながら、ジェームズをもう少しで憎みそうになった。ワインをがぶりと飲んだ。

「じゃあ、明日、何もすることがなければ、わたしといっしょにニコシアに行って、ムスタファに会おう。うん、考えれば考えるほど、彼は病気にちがいないという気がしてきたよ」

アガサは胸が高鳴った。少なくとも彼はまたわたしに会いたいといっているんだわ。

「もう食事はすませた？」アガサはたずねた。

「まだだ」

「ディナーをおごるわ」

「いいとも。どこで？」

「あまりレストランを知らないの。どこか伝統的なトルコ料理の店がいいわ」

「ゼイティンリッキにある店を知ってるよ。〈オットマン・ハウス〉って店だ」

「どこにあるの？」

「キレニアの郊外だ。〈ジャスミン・コート・ホテル〉の手前で道を折れるんだ」

「よかったらわたしが運転するわ」

「いや、別々の車で行こう。あとできみはホテルに戻ることになるだろうし」

情熱の熱い夜の夢は消えたってわけね。でも、とりあえず、これは第一歩よ。


〈オットマン・ハウス〉は庭園の中にあり静かでひっそりしていて、テーブルはキャンドルで照らされ、庭では噴水が心地よい音を立てていた。経営者のエミネとアルタイはジェームズを温かく迎えた。食べ物はおいしく、アガサはヨットのぞっとする乗客たちの逸話をジェームズに聞かせた。

二人は小皿にあれこれ盛られたごちそう——砕いたクルミ、ひよこ豆《フムス》のディップ、田舎風パン、ピタ、地元産のソーセージ、オリーブなどなど——を食べているところだった。「どうしても理解できないのは」とアガサはいった。「どうしてあの釣り合わない六人がいっしょに行動しているかっていうこと。オリヴィアはあきらかにローズを見下しているのよ」

ジェームズは笑った。「きみが何を考えているのかはお見通しだよ。殺人が起きるんじゃないかと思っているんだろう」

「だけど、変よ」

「ところでカースリーはどんな様子なんだい？」

「相変わらず。退屈で静かよ。猫たちはドリス・シンプソンに面倒を見てもらっているの」ドリスはアガサの家の掃除をしてくれている女性だった。「本の執筆は進んでいる？」

ジェームズは軍隊の歴史について書いていた。「いや、あんまり。早朝から書きはじめて夜にも少し書いているんだけど、あまりにも暑くてね。以前は地球温暖化のぞっとする話は眉唾《まゆつば》ものだと思っていたが……そう……実にぞっとするが、こけ脅しじゃないかもしれないね。それに島では慢性的な水不足なんだ」

ジェームズはいつもの冷静で理性的な声でキプロスについて語りはじめた。アガサは食い入るように彼の顔を見つめながら、愛情をうかがわせるようなものはないかと探したが、むだだった。どうしてジェームズにたずねる勇気が出ないのかしら？ でも何を訊くの？ わたしにイギリスに帰ってほしいのかと、単刀直入に訊く？

とうとう食事は終わった。ジェームズはどうしても支払いをするといって譲らなかった。

「こういうトルコリラの札束には慣れそうもないわ」アガサはジェームズがお札の束を勘定しているのを眺めながらいった。

「為替レートのせいでイギリス人にとっては安く感じられるんだ。だけど、地元民にとっては笑いごとじゃないんだよ」

二人は外の車まで歩いていった。アガサが顔を仰向けると、ジェームズは頰に軽くキスした。夜の熱気にもかかわらず、彼の唇はひんやりして情熱が感じられなかった。ひとかけらの情熱もね、とアガサは悲しく心の中でつぶやいた。

「明日は何時？」アガサはたずねた。

「十時に迎えに行くよ」

アガサは車に乗りこみホテルに戻った。ホテルのロビーでは結婚式の披露宴が行われていた。音楽、ダンス、新郎新婦、双方の母親と父親、さまざまな親戚たち。花嫁はとても美しく、その顔は幸せそうに輝いていた。アガサは戸口で足を止め、その光景に見とれた。自分に対する憐れみがわきあがり、全身に広がった。ジミー・レーズンと結婚したとき、アガサ・レーズンは白いウェディングドレスを着なかった。ロンドンの登記所で簡単な式をしただけだ。もう永遠に着ることはないだろう。白いウェディングドレスで祭壇に歩いていくには年をとりすぎた。ぽっちゃりした小柄なトルコ人女性がそこに立っているアガサを見て、にっこりして披露宴に手招きしてくれたが、アガサは悲しげに首を振ると歩み去った。

ジェームズとの明日の外出は楽しみなはずだったが、今はそう思えなかった。彼のよそよそしさ、その当然だといわんばかりのよそよそしさのせいで、バラ色の夢がすっかり破れてしまったのだ。この島まで彼を追ってきたことが、いまや押しつけがましく悪趣味に感じられてきた。

アガサは部屋に入ると窓と鎧戸を開け、バルコニーに出ていった。トルコの方角の海面では、長い稲光がうねる波に突き刺さり、雷鳴が轟《とどろ》いていた。湿っぽい冷たい風が頬をたたく。アガサはバルコニーの手すりにもたれ、近づいてくる嵐を眺めながら、最初の大きな暖かい雨粒が頬を打ちはじめるまで、そこに立ち尽くしていた。それから室内に戻った。ひと晩じゅうゴロゴロと雷鳴が轟き、雷が落ち、アガサは寝つけずにベッドで寝返りを打っていた。でも、朝になればさわやかに晴れているだろうし、それで気分もよくなるはず、と思いながら浅い眠りに落ちていった。

しかし朝は灰色でじめじめして暑く、荒れ狂う海に低く雲が垂れこめていた。アガサは朝食をとりながら、オリヴィアたちが入ってくるのではないかと、用心深くあたりを見回した。しかし、誰も現れなかった。

ジェームズはきっかり十時に迎えに来た。彼は目の色と同じブルーの半袖のコットンシャツを着ていた。その青い目は、あつらえた白いブラウスとリネンのスカートというきちんとした格好のアガサを値踏みするように眺めた。

二人は山を越えてニコシアに向かった。「サウジアラビアはここに中央分離帯つきの道路を建設するために、お金を出したらしいんだ」ジェームズが長い沈黙を破って口を開いた。「道路開通のためにやって来たサウジアラビアの高官が、この二車線の高速道路を見て、カンカンになった。『もう半分はどこにあるんだ?』と彼は文句をいい続けた」

「で、もう半分はどうなったの?」アガサは質問した。

「たぶんその建設費は誰かのポケットに直行したか、高層建築かホテルに化けたんだろうね」

丘を越えると平原が広がり、そこには低い不穏な雲間から射す黄色の光を浴びたニコシアの町が横たわっていた。

「ソドムとゴモラ(旧約聖書の『創世記』に登場する天からの硫黄と火によって滅ぼされたとされる都市)があった低地みたいだわ」アガサはいった。

ジェームズは驚いて、わずかに首を回してアガサを見た。

「あら、わたしだって想像力があるのよ、ジェームズ。そのおかげでよく馬鹿なまちがいをしでかすけど」

キプロスへのこの旅みたいにね、とアガサは心の中で思った。

声に出してはこうたずねた。「〈グレート・イースタン・ホテル〉はどこなの？」

「ニコシアに入ってすぐ左側だ。きっとムスタファはふせっているんだろうな」

「最後に彼と会ったのはいつ？」

「ええと、一九七〇年ぐらいかな」

「あなたがヴィラに到着したときに確認しに来なかったの？」

「ああ。電話ですべてすませたから。今回は隣人に鍵を預けておくといわれたんだ。理解できないよ。昔はムスタファからいろいろな家を借りたけど、いつもちゃんとしていたんだ」

「人は変わるものよ」アガサはため息をついた。どんよりした重苦しい天気のせいで気が滅入った。しかもニコシアの郊外はロンドンの陰気な郊外にそっくりで、心が弾まなかった。

「さあ着いた」ジェームズがいった。「ぐるっと回らなくちゃならないようだ」

ジェームズは大きくてモダンなホテルの外に駐車した。いや正確にいうと、ホテルはモダンな建築物だったが、すでに廃墟になりかけているように見えた。正面ドアには鍵がかけられていた。

「ムスタファに何があったんだろう。裏に回ってみよう。調理場には誰かいるだろうから」

二人がホテルの側面に沿ってひび割れた石敷きの道を進んでいくと、ゲジゲジ眉で表情のない死んだ目をした大柄でいかつい男がいきなり立ちふさがった。

男はトルコ語でなにやらたずねた。

ジェームズは首を振っていった。「イギリス人なんだ。ムスタファはどこだね？」

彼はあごをぐいと動かしてついて来るように合図すると、ホテルの裏口ドアから入っていった。

「どこの国でもチンピラはチンピラらしく見えるものだね」ジェームズが声をひそめていった。「なんだか気に入らないな」

男は暗い廊下を先に立って歩いていった。水が天井からポトポト滴り落ち、じゅうたんを敷いていない廊下に水たまりをこしらえている。ここは増築部分にちがいないわ、とアガサは思った。ホテルの上の階から一階まで雨が染み通るわけがなかった。

気がつくと、暗いバーに足を踏み入れていた。数人のトルコ兵とジェームズのいうチンピラがたくさんすわっていて、あとは女の子がそこらじゅうにいた。案内人はふたつの椅子を指さした。二人はそこにすわった。

「ここは売春宿なの？」アガサはたずねた。

「ああ」ジェームズはそっけなくいった。

「あれはトルコ人の女の子？」

「いや、ナターシャと名乗ってるよ。旧ソ連圏の国から来ているんだ——ハンガリー、ルーマニアなんかだ」

三角形の顔をしたスリムな男が近づいてきて、完璧な英語でいった。

「ご用件は何でしょうか？」

男は仕立てのいいスーツを着ていて、目は明るく陽気だった。白塗りの化粧をとった道化師を連想させ、なぜかチンピラどもよりもはるかに威圧感を与えた。アガサはその瞬間に、頭のいい悪人は何よりも恐ろしいということを悟った。そして、この道化師はまちがいなく悪人だった。

「ジェームズ・レイシーだ。ムスタファからヴィラを借りているんだが、かなりひどい状態でね。彼はどこだね？」

「ムスタファはロンドンにいます」

「いつ戻ってくるんだ？」

男は両手を広げ、仕立てのいいスーツに包まれた肩をそびやかした。

「電話もないんだ」ジェームズは不機嫌そうにいった。「それどころか、文句をいいたいことはもっとたくさんある。ムスタファはこのホテルを所有しているのか？」

「ええ」

ジェームズは嫌悪に唇をゆがめた。「では、わたしが知っていたムスタファとはもはやちがう人間のようだ」

「そろそろおひきとりいただければ……」男はていねいにいった。彼の目つきは、こちらが腹を立てていることをおもしろがっていた。


「たぶんナターシャのパシャであるだけじゃなくて、あいつはドラッグにも手を出しているんだ」ジェームズはレンタカーに乗りこむといった。

「ナターシャのパシャって何なの？」

「売春宿の経営者だ」

「どうしてすぐに文句をいわなかったの？」アガサはいった。「ツーリストオフィスを探して、文句をいいましょうよ」

「そんなことをしても何にもならないよ。〈オナル・ヴィレッジ・ホテル〉の支配人のステファンは親切な人で、電話とファックスを使わせてくれているんだ。ステファンに電話して、どこか引っ越せる場所を知っているか訊いてみよう」

ジェームズの提案で、引き返す前にニコシアの旧市街に行って、市場を歩いてみることにした。アガサは真鍮《しんちゅう》のペッパーミルを値切ろうとして、ジェームズにたしなめられた。トルコとはちがい、値札通りのお金を払うことになっているのだ。それから〈サライ・ホテル〉に行ってランチをとった。ニコシアの中心部はおもしろい古い建物や店がたくさんあり、親しみやすくて居心地のいい場所だった。アガサはここならぶらぶら歩き回って一日じゅう楽しく過ごせそうだと思った。しかしジェームズは早く〈オナル・ヴィレッジ・ホテル〉に戻って、別の住まいを見つけようと固く決心していた。

「そろそろカースリーにいっしょに帰らない？」ニコシアを出ると、アガサはたずねた。

「まだそういう気持ちにはなれないんだ」ジェームズはそういうと、それっきり黙りこんで運転を続けた。

〈オナル・ヴィレッジ・ホテル〉に着くと、支配人のステファンはちょうどホテルの客室係がオーストラリアに行くことになったので、家を貸したがるだろうと教えてくれた。家はアルサンカックにあり、隣はシーフード・レストランの〈アルティンカヤ〉だった。

二人は客室係とその感じのいい家族に会いに、車を走らせた。海辺に建つ大きなヴィラは、家庭生活に必要なあらゆるものがそろっているように思えた。ジェームズが三カ月かそれ以上借りるつもりだといったので、アガサは困惑した。

ドアベルが鳴り、クリーニング店のビラルがイギリス人の妻といっしょに入ってきた。「わたしの友だちなんです」客室係がいった。「二人があなたたちの世話をしてくれます」

ビラルはにっこりした。「ではミスター・レイシーを見つけたんですね」彼はアガサにいった。

ジェームズはじろっとアガサを見た。「前に会ったことがあるの」アガサはつぶやいたが、どんなふうにジェームズを追いかけたかは打ち明けたくなかった。

ジェームズは翌日に引っ越してくることに決めた。

「ミセス・レーズンはどうするんですか？」ビラルがたずね、いたずらっぽく目をきらめかせた。「ここには部屋がたくさんある。ホテル代を払い続ける必要はないでしょう」

ビラルの妻のジャッキーは賢そうな目をした、アガサがうらやましくなるほどきれいなピンク色に日焼けした四十代の女性だった。彼女はいった。「ええ、あなたも引っ越してきたらいかが、ミセス・レーズン？」

「そうですね」ジェームズがしぶしぶいった。「ミセス・レーズンは短い休暇でこちらに来ているだけですから」

自分がここに滞在するのは、ジェームズにとってやっぱり迷惑なのだ。

「ありがとう」アガサは明るくいった。「明日ホテルをチェックアウトするわ」

ジェームズは小さくため息をついたが、家賃について取り決めをして、地元の商店についてたずねた。

そのすきにアガサは二階に行ってみた。ダブルベッドの大きな寝室があった。フランス窓から二階のテラスに出られるようになっている。隣にはシングルベッドの部屋。それから狭いバスルームを通り抜けて木の階段を下りると、もうひとつ寝室があった。こちらからは海が見え、窓際にシングルベッドが置かれていた。

わたしはここにしよう、とアガサは思った。ジェームズはダブルベッドの部屋を使えばいい。

寝室から通じている裏階段を使って一階に下りていった。庭園が望めるテラスがあり、リビングでは交渉が行われているところだった。キッチンは広かった。キッチンの窓から外をのぞくと、目隠しになっているミモザのやぶ越しにレストランの駐車場が見えた。

ジャッキーが隣にやって来た。「あそこはとてもおいしいシーフード・レストランなんですよ。経営者のウミット・エレネルはわたしたち夫婦の友人なんです」

「ぜひ行ってみたいわ」

ジャッキーは目を輝かせた。「ミスター・レイシーはいつもあなたをミセス・レーズンって呼ぶんですか？」

「他人の前だけよ」アガサはぎこちなく答えた。さっきから彼女は後悔していた。ここに泊まるなんていわなければよかった。よけいに彼が殻《から》に閉じこもるだけだから。

「彼は古くさい人なの」

しばらくしてジェームズとヴィラを出たアガサは、こういった。

「わたしはあの家の表側にある小さなシングルルームを選んだわ。ほら、あなたの部屋からだと、バスルームを通り抜けたところにある部屋よ」

ジェームズは怒って振り向き、彼女をにらみつけた。「何だって？」

「わ――わたし、あの表側の小さな部屋で寝ようかと思って――」

「そういったのはわかってる、アガサ。しかし、耳を疑ったよ。このヴィラを借りているのはわたしだぞ、きみじゃなくて。なのに、きみは権利を主張して、さっさとどこで寝るかを決めたのか？」

「ごめんなさい」アガサはむっとしながらいいわけした。「あなたはあの主寝室が気に入るだろうと思ったから」

「わたしの代わりに考えるのはやめてくれないか？」

アガサは唇をかんだ。もういいわ、わたしはホテルに泊まるから、そういいたかった。でも、彼をとり戻すためにここへやって来たのだ。

どうしてこんな冷たいろくでなしがいいの？　心の中で皮肉る声がした。

〈ドーム・ホテル〉の前で車を停めると、ジェームズはまっすぐ前を向いたまま、冷ややかな声でいった。「明日からはきみと顔を突き合わせることになるんだろうね」

アガサはカッとなった。「もう、あなたも、あなたのろくでもないヴィラもどうでもいいわ」彼女は叫んだ。涙が目からあふれだした。

「すまない」彼はあわてて謝った。「ムスタファにだまされたことでまだいらいらしていたんだ。それをきみにぶつけるべきじゃなかった。ねえ、今夜ディナーをいっしょにとらないか？　八時にこのホテルのダイニングルームで待ってるよ」

アガサは洟《はな》をすすりあげた。「じゃあ、そのときに」

部屋のバルコニーに立って、濃い灰色の地中海のうねりが岩をたたいているのを眺めながら、アガサは考えた。やっかいなものね、外国にいると自信をなくし、自分がか弱くなったように感じてしまう。

ともあれ、いっしょにディナーをとる約束をした。夜になるとテーブルは戸外のテラスに出される。アガサは海を見晴らせるテーブルを予約した。いちばん似合うドレスを着ていこう。

室内に戻って、鏡に映る顔をしげしげと見た。ああ、目と口のまわりにいまいましいしわができている！　フェイスパックをすると、準備万端整えて夜を待つことにした。

八時五分前に、アガサはダイニングに下りていく用意が整っていた。自分がこんなにきれいに見えたことはない気がした。髪はブラッシングされてつややかだったし、顔はていねいに塗ったファンデーションと口紅とマスカラのおかげですべすべして見えた。深い襟ぐりの赤いシフォンのドレスには、黒いエナメルのハイヒールをあわせた。サウナのような暑さのせいで、すでに体重が少し減ったにちがいない。

アガサはいつのまにか夢想にふけっていた。吹き荒れていた風はやんだようだ。さっき予約したあのテーブルにすわり、キャンドル越しにお互いを見つめあう。食事が終わると、ジェームズはテーブルに手を伸ばし、アガサの手をとる。二人のあいだには電流が流れる。ジェームズは何もいわず、いっしょにアガサの部屋に行く……そして……。

アガサは無理やりその夢を振り払った。八時だ。ジェームズはいつも時間に几帳面だった。

ダイニングの入り口に立ったとき、騒々しい音がどっと襲いかかってきた。土曜の夜で、ベリーダンサーが踊っていたのだ。客たち全員が拍手をして歓声をあげ、笑いころげていた。

そのときジェームズを見つけた。彼は予約したテーブルではなく、ダイニングの中央のテーブルにすわっていた――ローズ、オリヴィア、ハリー、ジョージ、アンガス、トレヴァーといっしょに。彼らがアガサに手を振ったので、彼女はしぶしぶみんなのところに行った。

「あなたの彼氏がミセス・レーズンのテーブルはどこかって、給仕頭に訊いているのが耳に入ったのよ」ローズが叫んだ。「で、わたしたちはあなたの友だちだから、こっちにいっしょにどうぞって誘ったの。トレヴァーの隣にすわってちょうだい。ワインを飲みましょう」

アガサは困り果ててジェームズを見たが、彼はオリヴィアと話しこんでいた。アガサはトレヴァーに話しかけようとしたが、音楽があまりにもうるさくてあきらめた。オリヴィアったら、よく話ができるわね。たぶんいつものように大声でわめいているのだろう。

ベリーダンサーがテーブルに近づいてくると。トレヴァーがテーブルの上で踊ってくれないかと頼んだ。すぐさま彼女は踊りはじめた。するとローズがテーブルによじのぼってそこに加わり、ベリーダンサーと並んでくるくる回りはじめた。アガサはその光景を締めだそうとして目をつぶった。ローズはとても短いフリンジつきのスカートをはいていたが、パンティをつけていなかったのだ。

とうとうドラムの連打とともに、ベリーダンサーはレストランから出ていき、音楽はやんだ。

「なかなかの美人だったわね、ジェームズ」ローズがまつ毛をパチパチさせながらジエームズにいった。「やせすぎですよ」

「ベリーといってもおなか《ベリー》はあまりなかったな」ジェームズはいった。

「それでアガサが好きなのね」ローズがはしゃいでいった。「お肉がたっぷりあるもの」

ワインのグラスがアガサの手の中で震えた。中身をローズの顔にぶちまけてやりたいという衝動を必死にこらえた。

ジェームズはオリヴィアとジョージと話しはじめた。彼らには共通の友人がいるらしかった。そのためアガサは平民の友人たち、ローズ、トレヴァー、アンガスともっぱらしゃべることになった。

「ところで、今日は何をしていたの、アガサ？」ローズがたずねた。

「ヴィラを彼といっしょに見てきたわ」アガサはよそよそしく答えた。

「手が早いのね」とローズ。

「手が早いのは彼女だけじゃないさ」トレヴァーはろれつが回らなくなっていた。

「アガサのことをいってるんじゃないわ。ジェームズのことをいったのよ」とローズがいった。「どうやって彼と知り合ったの、アガサ？」

「いっしょに殺人事件をいくつか解決したの。彼はお隣に住んでいるのよ」

ローズの目が鋭くなった。「ヨットでその話を聞いたあとで思いだしたの。はっきりとね。あなたたちが結婚しようとしたときに、アガサのご主人が結婚式に現れたんでしょ。新聞で読んだとき、おなかを抱えて笑ったわ。あなたって、ほんとにおもしろい人ね」

「それにしても人間って不思議だなとよく思うわ」アガサは低い声でいった。「どういう理由があるのかしらって首をかしげることがあるの。たとえば、頭のいい女性が馬鹿なあばずれのふりをしていたりすると」

沈黙が広がった。ジェームズはオリヴィアとの会話を中断していたので、アガサの言葉を聞きつけた。オリヴィアもだ。彼女は眉を思い切りつりあげた。

するとトレヴァーがいった。「同感だ。だからおれはローズを女房にして幸運なんだ。ローズはいつだってローズそのものだからね」

「そうとも」アンガスがもったいぶっていった。「ローズについちゃ、いつも見たままの人間だよ」

ローズはアガサにウィンクした。アガサはたちまち自分を恥じてこういった。

「あと二本ワインを頼みましょうよ、わたしのおごりで」

この提案はやんやの喝采《かっさい》で迎えられ、そのときだけアガサは自分の気前のよさを悔やんだ。ジェームズをのぞいて、みんな酔っ払いはじめていた。すでにかなりの量を飲んでいたところに、アガサの贈り物で限度を超えてしまったのだ。

食事のあとでどこか静かな場所でコーヒーを飲もうと、ジェームズを誘えるだろうか。ホテルの少し先に感じのいいオープン・カフェがあった。そこにすわっておしゃべりできるだろう。そしたら……。

「まだ帰るには早いわ」ローズが叫んだ。彼女の顔は紅潮し、目はぎらついていた。「海岸沿いにディスコがあるの。踊りましょ」

アガサは目でジェームズに訴えたが、彼は反対しようとしなかった。アガサは疲れたからもう寝るといいかけた。しかし、オリヴィアがジェームズに微笑みかけてこういった。

「いいわね。ファーストダンスはわたしとお願いね、ジェームズ」

アガサは唇をきゅっと結んだ。オリヴィアは翡翠《ひすい》色のシルクのシフトドレスを着て、翡翠のネックレスをつけていた。ジェームズに話しかけるたびに前かがみになるので、ドレスと胸元のあいだが大きくあいた。ジェームズには彼女のおへそまで見えているにちがいない、とアガサは思った。

ホテルの外に出ると、さらに不愉快なことが起きた。ジェームズはオリヴィア、ジョージ、ハリーといっしょの車で行ってしまい、アガサはローズ、トレヴァー、アンガスにくっついていくしかなくなったのだ。

キレニアから海岸沿いに少し行ったところに、国境の町のようなカラオーラノール地区があった。その地区を通り抜けたところに建つホテルのディスコで、彼らは車を降りた。騒々しい話し声に、ビートを刻む音楽。アガサの頭はずきずきしてきた。

ジェームズはオリヴィアを連れてフロアに出ていき、音楽のリズムとまったく関係のなさそうな動きでエネルギッシュに踊りはじめた。

アンガスがアガサをダンスに誘い、ごつい手をウエストにかけ、ディスコの音楽にあわせてフォックストロットで踊りながら、彼女をくるくる回そうとした。

「もうすわりましょう」三度目に足を思い切り踏みつけられたあとで、アガサは彼の耳もとで叫んだ。

「うんにゃ、おれはこういうやつが得意じゃないんだ」アンガスはいった。「おれがスコットランドのカントリーダンスを踊るところを見せてやりたかったよ」

「そうですね」アガサは礼儀正しくいった。

二人はフロアの隅のテーブル席にすわった。しだいに他の連中もやって来た。ローズはすわると、しゃっくりをしてくすくす笑い、それからテーブルの下にゆっくりと滑り落ちていった。

笑いながら男性全員が彼女に手を伸ばした。「飲みすぎたんだ」トレヴァーがいった。「もう連れて帰ったほうがよさそうだ」

「どこのホテルに泊まっているんですか?」ジェームズがたずねた。

「〈セレブリティ〉だよ。ラプタにある」

頭上で回転するミラーボールが、テーブルを真っ暗にしたり、まばゆく照らしだしたりしている。トレヴァーは妻を抱きあげ、肩にかついだ。

「ホテルに連れて帰るよ」彼はにやっとした。

大きな手をローズの骨ばった細い背中にあてがって、彼は向きを変えかけた。

そのとたん、トレヴァーははっと足を止めた。

ゆっくりと手を離すと、まじまじと見つめた。

一瞬真っ暗になったあと、またミラーボールが回転して、全員がまばゆい光の中で見たものは――トレヴァーの手についた赤い血、そしてローズの背中に広がる赤い血の染みだった。

3

翌朝まで警察は全員をディスコに足止めした。イギリス高等弁務官事務所の当直係官が、同胞の面倒を見るために現場にやって来た。アガサたちは繰り返し質問をされた。アガサはそのたびに首を振り、何が起きたのかわからないと答えた。ローズは悪酔いして、テーブルの下に滑り落ちたように見えた。男たちはそれをとり囲み、笑いながら助け起こそうと手を伸ばした。でも、ローズがテーブルの下からひきずりだされたとき、自分たちのグループ以外にもたくさんの人がいた。

北キプロスの警察はいまだにイギリス統治時代のやり方で捜査を行っていた。独自の警察、ＡＳＩＺを持っている軍隊に比べて、文民警察はかなりレベルが低く、仕事といえばもっぱら観光がらみのものばかり。観光客はたいてい特別に寛大に扱われ便宜をはかってもらえた。そもそも犯罪率はとびぬけて低く、文民警察はおもに交通事故の処理にあたっていた。

しかし、今回はイギリス人観光客が殺されたので、警察は事件を解決しようと躍起になっていた。ニアル・パミール警部は英語を流暢《りゅうちょう》に話し、アガサに何度も質問したが、この事件は情痴犯罪だと思っているようだった。その理由をたずねると、ローズはパンティをはいていなかったし、それが何よりもいい証拠だとパミールは答えた。彼は黒い肌をしたチビでずんぐりした男で、その小さな黒い目からは何も読みとれなかった。アガサはパミールが冗談をいっているのかと思ったが、そうではないらしい。ローズは細くて鋭い凶器で刺されていた。おそらくナイフの一種だろう、ということしかとりあえずわからなかった。

島を出ないように、いつでも取り調べに応じられるようにしておいてほしいと指示された。それから全員がよろよろと早朝のまばゆい日差しの中に出ていった。

アンガスはそこに立って震えながら、涙をぼろぼろこぼした。「ローズが死んだ」何度も繰り返した。「信じられない」トレヴァーはむっつりと黙りこんでいた。

アガサは体を休めて考えたかったので、ジェームズがタクシーを呼んでくれてほっとした。彼はアガサをホテルで降ろした。

「一時間後にヴィラで待っているよ。そのときに話そう」

アガサはゆっくりと、ていねいに荷造りした。チェックアウトするのは気が進まなかった。バルコニーつきの部屋があり、大きな華やかなロビーがある〈ドーム・ホテル〉は、どこかほっとできたのだ。それにあのプールではまだ泳いでいなかった。誰が、なぜローズを殺したのかは、あまりに疲れていたので、どうでもよくなっていた。

やっと荷造りを終えた。最後に部屋を点検すると、フロントに行って支払いをした。今回フロントにいたのはトルコ系キプロス人の女の子だった。北キプロスではニュースが伝わるのが速いので、女の子は殺人事件についてすでに聞いているばかりか、アガサがそのディスコにいたことも知っているようだった。

「お気の毒でしたね」アガサが宿泊代を払うと、彼女は同情をこめていった。「きっと本土のトルコ人のしわざですよ。連中はわたしたちとはちがうんです。いつも酔払って、ナイフで人を刺しています」

ずいぶん大げさな話だ、とアガサは思った。それにしても、トルコ系キプロス人が本土のトルコ人よりも自分たちのほうが上だとみなしていることを、これまで知らなかった。最初のうちこそ、ジェームズとまたいっしょに殺人事件を調べることになったら、二人のあいだに絆《きずな》が甦《よみがえ》るかもしれないと期待していた。しかし、いまや何もかもにうんざりして、早く家に帰りたくてたまらなかった。それに、ジェームズに対してかつてのような熱い気持ちがないかと自分の心をのぞいてみたが、もはやどこにも見当たらなかった。

まもなくレンタカーでキレニアを出て、警察の車がまだ並んでいるディスコの前を走り過ぎ、時速五十キロの制限速度を慎重に守りながらトルコ軍上陸地点の記念碑を通過して、サンセット・ビーチの標識で右に曲がると、サボテンとミモザの生け垣のかたわらに停められたジェームズの車の後ろに駐車した。

玄関は開いていたので、アガサはスーツケースをひきずって中に入っていった。

「ジェームズ！」

しかし物音ひとつせず、聞こえるのは風と海の音だけだった。キッチンを通り抜けて庭に出てみた。ジェームズはオレンジの木の下でガーデンチェアにすわり、BBCワールド・サービスでニュースを聴いていた。

「何かわかった？」アガサはたずねた。

彼は首を振った。「とうていイギリスの放送だとは思えないね」彼は文句をいった。「アフリカとロシアで何が起きたかはありとあらゆることがわかったが、イギリスに関することは人物についても事件についても、何ひとつ放送されないんだ」

アガサは小さな白い錬鉄のガーデンチェアをひきずっていき、彼の向かいに腰をおろした。オレンジの木の奥には蔦《つた》がはっていて、そよ風に葉がざわざわ鳴っている。

アガサの左手にある大きな植物のバニラの香りが、むっとするほど濃厚に漂っていた。

アガサは疲労のせいで目がゴロゴロした。

「ホテルを出る前にシャワーを浴びてきたのならいいけど」ジェームズがいった。

「着替えもしてないわ」アガサはパーティードレスを指さした。「どうして？」

「今日は水が出ない日なんだ。あとで少し出るかもしれないけど。とりあえず、今はお互いに睡眠が必要だね」

「わたしはどっちの部屋？」

「きみが選んだほうだ。荷物を上に運ぼう」

二人は室内に入った。彼はスーツケースをアガサの部屋に運び、そっけなくうなずくとアガサを残して部屋を出ていった。アガサは服を脱ぎ捨てると、裸でベッドの上に倒れこんだ。窓は開いていて、そよそよ入ってくる風で海岸の人声がとぎれとぎれに運ばれてくる。アガサはたちまち深い眠りに落ちていき、三時間後に全身汗まみれになって目覚めた。風は止んでいて、息苦しいほどの湿気が戻っていた。

裸のまま、狭い木製階段を上がってバスルームに行った。バスルームには両側にドアがついていた。彼女が入っていったのとは逆のドアがいきなり開き、ジェームズが入ってきた。

「もう水が出るよ」彼はアガサを見ていった。「シャワーを浴びたら下に来て。コールドミートとサラダを用意したから」

ジェームズがドアを閉めたとき、アガサは不機嫌そうに自分の体を見下ろした。まあ、胸はまだ垂れていないし、お尻はセルライトだらけにもなっていないけど、男性の情熱をかきたてる肉体ではないのね。そもそも、ジェームズはすでにこの体をくまなく見ているのだし。

シャワーを浴び、ショートパンツとコットンのシャツにぺたんこのサンダルに着替えると、気分がぐっとよくなった。一階に下りていくと、ジェームズはキッチンのテーブルに二人分の食事を並べているところだった。アガサはふいにおなかがぺこぺこなことに気づいた。考えたらゆうべから何も食べていなかったのだ。

「今回の殺人事件だけど、これからどうする、アガサ？」

「ホテルのフロント係はたぶん本土のトルコ人のしわざだといってたわ」

「連中はいろんな悪事に手を染めているからね。でも、イギリス人観光客を殺したりはしないよ」

「気になってることがあるんだけど。もし彼女がダンスフロアで殺されたなら、叫び声をあげたはずでしょ？」

「そうとも限らないよ。とても薄い刃だったからね、覚えてるだろ」

「みんなでテーブルの下からひきずりだそうとしているときに、誰かが彼女を刺した可能性はあるかしら？」

「彼女は仰向けに倒れていたんだ。それはまちがいない。うん、トレヴァーがテーブルの下からひきずりだしたとき、彼女は仰向けになっていた。だとしたら、背中を刺せないだろうね」

「すべての鍵は」とアガサは意気込んでいった。「オリヴィアのグループとローズのグループのあいだの奇妙な友情だと思うわ」

「彼らに会ったときのいきさつをもう一度話してくれないか？」

そこでアガサはヨットのセーリングのとき、オリヴィア、ジョージ、ハリーが小さなバーを占拠していて、残りの乗客を見下していたことを話した。それにアガサが泳いでいたときに、ローズとジョージが笑いあっていて、トレヴァーがそれに気づいたこと。〈ブドウの樹〉での一幕についても。ローズはけたたましく騒いでいたが、その裏には読書家で知的な計算高い人格が隠されていたことも語った。

アガサが話し終えたとき、ドアがノックされた。

「警察だろう」ジェームズは立ち上がった。「われわれには犯人を見つけるための手がかりが必要だ。だから、アガサ、きみの憶測は胸にしまっておいてくれ」ジェームズはアガサが返事をしないうちに行ってしまった。

ジェームズはニアル・パミール警部を連れて戻ってきた。警部は腰をおろすと、その何を考えているかわからない小さな黒い目でアガサをじっくり見た。

「同僚の方は入ってこないんですか？」ジェームズがたずねた。

「外で待たせてあります。これは非公式のおしゃべりですよ。お二人には明日の朝十時にニコシアの警察署に出頭していただきたい。正式な供述をとりたいので」

パミールはぽっちゃりした毛深い手をテーブルの上で組んだ。それは二匹の毛深い小動物のように見えた。

「さて、ミセス・レーズン」パミールは切りだした。「誰がローズ・ウィルコックスを殺したと思いますか？」

アガサがちらっとジェームズを見ると、彼は眉をひそめた。

「わからないわ。あの人たちには会ったばかりでしたし」

「説明してください」

「ヨットでセーリングに行ったんです。〈メアリー・ジェーン〉号で」

「それについて詳しく話してください」

そこでまたもやアガサはセーリングのときのことを語った。ただし憶測は抜かし淡々と話した。

パミールは熱心に聞いていた。「あなたはまだ説明してくれていませんが、グループ同士の友情がどうして生まれたのか不思議ですね、ミセス・レーズン」

「あの人たちはわたしの友だちじゃないわ」アガサはいらいらしていった。「今申し上げたように、〈ブドウの樹〉で自分たちのテーブルに呼んでくれただけ。ゆうべはミスター・レイシーと〈ドーム・ホテル〉でディナーをとる予定だったんです。最初に着いたジェームズがわたしのテーブルをたずねているのをローズが聞きつけて、わたしの友だちだと名乗って、いっしょにどうぞと誘ってきたんですよ」

毛深いパミールの手がテーブルからひっこめられ、丸い腹の上で組まれた。彼はダブルのスーツを着て、ワイシャツとネクタイを身につけていた。この暑さにもびくともしないようだ。

「ああ、なるほど、あなたとミスター・レイシーがね。あなたはここに泊まっているんですか？」

「ええ」

「お友だち同士？」

「ええ、コッツウォルズの同じ村でお隣なんです。コッツウォルズというのはイギリス中部の――」

「知っています」

「あなたは英語がとてもお上手ですね」ジェームズがいった。

「イングランドで育ち、ロンドン大学経済学部に行きましたから。では、ミスター・レイシー、あなたとミセス・レーズンは隣同士なのですね。あなたがまず到着して、ミセス・レーズンが合流した。あなた方はどう申しましょうか、関係を持っているんですか？」

「いいえ」ジェームズが即座にいった。「ただの友人ですよ」

「ではミスター・レイシー、あなたがこの島に来てから、どういうことがあったのですか？」

そこでジェームズはムスタファからヴィラを借りたことを話した。

「ムスタファは悪に染まってしまったんです」パミールがいった。黒い目がさっとアガサに向けられた。「例の観光客たちの話に戻りましょう。ここにはイギリス人在住者がたくさんいるので、有名な階級の差についてはよく知っています。デブナム夫妻と友人のミスター・テンブルトンは、ウィルコックス夫妻と同じ階級の出身ではない。

先ほどの話だと、その二組のグループに友情が成立したことにあなたも驚いたとほのめかしていましたね、ミセス・レーズン？」

「たしかに。オリヴィアは――ミセス・デブナムです――とてもスノッブで、ローズを軽蔑していたんです。わたしもずっと不思議でならなかったわ。どうしてあんなに共通点のない人々がいっしょにいるのか、どうしてジョージ・デブナムとローズはタートトル・ビーチの入江で笑いあっていたのかって」

「その話は聞いていませんが？」

アガサはジェームズににらまれているのはわかっていたが、パミールに話した。

「それにローズは実は教養があるんです」アガサはいった。

「説明してください」

そこで、ローズがつい口を滑らせて読書家だということを示し、あわててまた演技に戻ったことを、アガサは喜々として語った。「あれが演技だとしてですけどね」と彼女はしめくくった。

また玄関がノックされた。ジェームズが立ち上がった。ジェームズはファックスの束を抱えた警官といっしょに戻ってきた。警官はそれをパミールに渡した。

アガサは目を伏せてコーヒーをすすったが、ジェームズが怒ってにらみつけているのはわかった。

「ほう」ファックスに目を通していたパミールが、しばらくしていった。「あなたは波乱万丈の人生を送ってきたようですな、ミセス・レーズン。あなたとミスター・レイシーは結婚することになっていたが、結婚式はあなたのご主人が登場して中止になった。そのあとご主人は殺された。ハネムーンに北キプロスに来る計画だったが、あなたは入院していたんですね、ミセス・レーズン。殺人犯に襲われてけがをしたせいで。かたやミスター・レイシーはキプロスに向けて出発してしまったので、あなたは彼を追ってきた。こんなことを申し上げては失礼だが、わたしの経験だと、暴力的で波乱万丈な人生を送っている人々は、たいてい本人が暴力的なんですよ」

「でも、わたしはちがうわ。そろそろおひきとりになって、売春宿の経営者のムスタファを尋問しに行ったらいかが？　それとも彼は警察の捜査の手を逃れるために賄賂《わいろ》でも贈っているの？」

「まず最初にこの殺人事件を捜査するつもりです」パミールはいった。「さて、ここに不思議なことにたちまち友人になった不釣り合いな夫婦が二組いる。というわけで、ありふれたふたつの動機を検討してみましょう――金と色恋沙汰です。ジョージ・デブナムはローズ・ウィルコックスに夢中になっていたと思いますか？」

アガサがジェームズを見ると、彼は肩をすくめた。「いいえ、そういう気配はなかったわ。ローズは男を手玉にとるのが好きなだけなのよ」

「だけどトレヴァーはローズがジョージといっしょにいるのを見て、嫉妬していたのでしょう？」

「ええ、カンカンになっていたわ」

「妙ですね。それからいっしょに食事をして、ファマグスタにもいっしょに行き、さらにまたいっしょに食事をした。全員の経歴をじっくり検分してみなくては」パミールはファックス用紙をぱらぱらとめくった。

「ジェームズとわたしは警察の捜査を手伝ったことがあるんです」アガサが熱心にいった。「よかったら――」彼女はファックス用紙のほうに手を伸ばした。パミールはそれを胸ポケットに突っ込むと立ち上がった。

「素人に捜査をだいなしにされるのはごめんですよ。休暇を楽しんでください。ではお二人とも明日また、お目にかかりましょう」

ジェームズは警部を見送って戻ってくると、キッチンのカウンターに寄りかかった。

「きみにはまったく頭に来るよ、いとしい人。質問されたときに、きみのパンティのサイズも教えればよかったのに」

アガサはカッとなって、コーヒーカップをキッチンの向こうに投げつけた。カップは壁に当たって砕けた。

「なんて冷たい情のない男なの」彼女は叫んだ。キッチンから飛びだすと、階段を部屋まで駆け上がっていき、ベッドにうつぶせに倒れこんだ。

窓と鎧戸が開いていたので、穏やかな風が吹きこんできてマツと潮とバニラの香りを運んできた。その日の地中海は荒れていて、ふだんのように穏やかな波が打ち寄せる代わりに、大きな波がひっきりなしに浜辺で砕け散っていた。まるで頭上をヘリコプターが飛んでいるかのような音だった。だから、アガサはジェームズが部屋に入ってくる足音が聞こえなかった。

彼はベッドの端にすわると、そっと彼女の髪に触れた。

「ねえ、アガサ。こんなことをしていても何にもならないよ。〈セレブリティ〉に行こう。トレヴァーとアンガスが泊まっているホテルだ。そして、少し探ってみよう」

アガサはすすり泣いていた。彼は階段を上がってバスルームに行くと、タオルを冷たい水で濡らした。引き返してくると、アガサを仰向けにして顔をふいてやった。

「涼しい服を着たほうがいいよ」ジェームズはクロゼットを探して、ゆったりした花模様のビーチドレスを選んだ。彼女を起こすと、ブラウスのボタンをはずしはじめた。

「とりあえず、それは脱いで」しかしアガサは誘惑のために買ったフランス製のレースのブラではなく、実用一点張りのブラをつけていたので、彼を押しのけて鼻声でいった。「もう、放っておいて。一人で着替えられるわ」

まもなく猛烈な暑さの中、二人はラプタの〈セレブリティ〉へと向かっていた。ホテルは四つ星だったが、アガサはフロントに近づきながら、あちこちに置かれているビロード張りや金メッキの家具、シャンデリア、派手な厚手カーペットを悔しげに眺め、これは中東の四つ星ね、と決めつけた。フロントにいる人間は誰一人ろくに英語をしゃべれなかったので、トレヴァーとアンガスがチェックアウトしたことを聞きだすのにかなり時間がかかった。

「どうして英語をしゃべれる人がいないの？」アガサは憤慨した。「この国では観光業をないがしろにしているのね」

「だから観光客からぼったくらないし、女性を侮辱しないし、国じゅうがごろつきだらけになることもないんだ」ジェームズが穏やかにいった。「ともかく、こちらはトルコ語を覚えるようにして、相手が英語ができないからといって泣き言をいうのはやめたほうがいい」

「泣き言なんていってないわ。当然の批判をしただけよ。お願いだから、些細なことでチクチク嫌味をいうのはやめてくれる？」

「こんないいあいは建設的じゃないよ、アガサ。それにきみは怒っているときれいじゃない。トレヴァーとアンガスはきっと〈ドーム・ホテル〉に移り、デブナム夫妻といっしょにいるんだろう。行ってみよう。まずヴィラに寄って水着をとってきて、あとでホテルで泳がないか？」

しかしアガサはジェームズと口をきこうとしなかった。ヴィラに戻ると、ドアが開きっぱなしになっていた。

「いったい……？」ジェームズはつぶやき、大股で中に入っていった。水が流れる音がキッチンから聞こえてくる。

二人はキッチンに入っていった。ジャッキーが壁をごしごしこすっていた。アガサが投げつけたコーヒーカップで染みがついていたのだ。

「電話したんですけど」ジャッキーはいった。「きれいなタオルが足りないだろうと思って、持ってきたんです。これ、何があったんですか？」

「カップが手から滑って」アガサはおどおどと弁解した。

ジャッキーはおかしそうに壁を見てから、アガサに視線を戻した。それから、ちりとりとほうきを手にして床のカップのかけらをきれいにした。「みんな、今回の殺人事件のことでもちきりですよ。さぞ、ひどいショックを受けたんでしょうね、ミセス・レーズン」

「アガサと呼んでちょうだい」

「じゃあ、アガサ。しばらく静かに休んだらいかが？」

「そうしたほうがいいよ」ジェームズがいった。「少し神経がたかぶっているみたいだ」

「神経がたかぶってなんていません！」アガサは叫んだ。

ジャッキーはタオルで手をふくと、二人ににっこりして、そそくさと出ていった。

「冷静になってもらわなくちゃ困るよ」ジェームズが厳しくいった。「でないと、きみをここに残していかなくちゃならない」

しかしアガサは一人家に残されるつもりはなかった。殺人事件の調査からはずされることを怖れているのか、ジェームズがオリヴィアに誘惑されることを怖れているのかは、自分でもよくわからなかった。二階に行き顔を洗ったが、もうメイクはしなかった。そんなことをしてもむだだ。熱気と湿気で、どんなメイクもたちまち流れてしまうだろう。

〈ドーム・ホテル〉に着くと、トレヴァーとアンガスはチェックインしてプールにいることがわかった。ジェームズはプールのチケットを二枚買った。

「日焼け止めを持ってきたかい？」彼はアガサにたずねた。「日焼けするよ」

「かまわないわ」

「ちょっと待っていてくれれば、ホテルの向かいの店で買ってくるけど」

「けっこうよ！」アガサはぴしゃりといった。

二人は無言でロビーを通り抜けて、再び日差しの中に出てプールに向かった。アガサは個室で着替えた。出てくると、ジェームズが待っていた。ひきしまってほっそりした健康そうな体つきで、短いトランクス型の水着をはいている。

「バーにいるよ、全員が」

彼は指さした。ひなたのテーブルにトレヴァー、アンガス、オリヴィア、ジョージ、ハリーがすわっていた。

二人は彼らに合流した。

「わたしたち、ちょっとショックを受けてしまって」オリヴィアがものうげにいった。小さなビキニを着ていた。「どうぞ、ジェームズ」

ジェームズは彼女の隣にすわった。「大丈夫ですか、トレヴァー？」彼は妻を亡くしたばかりの夫を気遣った。

「どうにかかね」トレヴァーはそっけなく答えた。目の下には隅《くま》ができ、汚らしいピンク色に日焼けしていた。すでに肩に水ぶくれができていたが、この暑さにも気づいていないようだった。

「かわいそうなかわいそうなローズ」ローズの友人アンガスがうめいた。「だれがあんなにきれいな娘にひでえことをしたんだろう？」

「トレヴァーとアンガスに電話して、こっちに移ってきたらと誘ったの」オリヴィアがジェームズに説明した。

「どうして？」オリヴィアが片手をジェームズの太腿に置いたので、アガサは彼女をにらみつけながらたずねた。

「だって、わたしたちのような人間は同胞を助けるように育てられているからよ」オリヴィアはよそよそしく答えた。「あなたのような人にはわからないことでしょうけどね、アガサ」

何年もかけてメイフェアで築きあげたものの向こうに、生まれ育ったバーミンガムのスラム街を見透かされたような気がした。

「もう、いい加減にしてよ」アガサはいった。「泳いでくるわ」

背を向けて歩きながら、自分の後ろ姿が気になった。どうかお尻の肉が揺れていませんように、と祈った。もう本気でシェイプアップしなくちゃだめだわ。深呼吸して、プールに飛びこんだ。水の冷たさを覚悟していたが、プールの海水は温かかった。何往復もぐんぐん泳いでいるうちに、気持ちが落ち着いてきた。仰向けになって背泳ぎを始めたとたん、誰かの顔をひっぱたいてしまった。あわてて立ち上がると、けっこう年はいっているがハンサムな中年男性の顔が目の前にあった。

「ごめんなさい」アガサは謝った。

「大丈夫ですよ」男性はにやっとして、白い歯を見せた。「こんなに魅力的な女性にぶたれることはめったにありませんから」

「アメリカから？」

「いえ、イスラエルです。休暇で。あなたは？」

「イギリスから。ええ、わたしも休暇で」

「こんなふうに水をはねかしていてはゆっくりお話しできませんね。ちょっとプールサイドにすわりませんか」

「バート・モートです」二人でプールサイドにすわると、彼は名乗って濡れた手を差しのべた。二人とも足は水の中だった。

「アガサ・レーズンです」アガサは握手をした。

「わたしはブルックリンで育ったんです」バートはいった。「でも十年前にイスラエルに移住して、テルアビブ郊外で衣料関係の会社を経営しています」

「最新流行の？」

「いいえ、Tシャツや休暇用の服なんかですよ。殺人事件について聞きましたか？」

「わたしは現場にいたんです」

「なんてことだ。それは恐ろしかったでしょう。ぜひ話を聞かせてください」

そこでアガサはとうとうと語った。このイケメン男性としゃべっていることにジェームズが気づけばいいのにと思いながら。ジェームズのほうをちらっとうかがったが、背中をこちらに向けていたし、オリヴィアと話していた。

話し終えるとバートがいいだした。「今夜ディナーでもいかがですか？　あるいはミスター・レーズンがいらっしゃるのでしょうか？」

「いいえ、ぜひディナーをごいっしょしたいわ。どこにします？」

「八時にホテルのダイニングで待ちあわせましょう」

アガサはプールサイドに出ると新しい友人にさよならを告げ、テーブルに戻っていった。かつての自信がすっかり戻ってきた気がした。

「オリヴィアが日焼け止めをくれたんだ」ジェームズがいった。「すわって、アガサ。肩に塗ってあげよう。真っ赤になりかけているよ」

ジェームズがよそよそしい手つきでクリームを塗っているあいだ、アガサはオリヴィアに話しかけた。「さっきはカッとなってごめんなさい。でもまだ疲れが残っているの。今朝、警察にさんざん搾られたのよ」

「ええ、わたしたちもよ」オリヴィアがいった。「明日正式な供述のためにニコシアに行くことになっているの」

「わたしたちも」とアガサ。「でも警察だって、わたしたちにあんな真似はできないってわかっているはずだわ」

「いまいましい外国人がナイフを使ったんだよ」ハリー・テンプルトンがいった。

「警察はナイフだとは考えていないようだったよ」トレヴァーがいった。「もっと細いものだといっていた。ケバブの串みたいな」

ふいにアガサは〈ブドウの樹〉で、ローズがケバブの串の肉を思わせぶりに口で引き抜いて食べていたのを思いだした。〈ブドウの樹〉から串がなくなっているかもしれない。

ジェームズがそろそろ帰ろうといいだした。ビーチドレスを着たときには、肩が日焼けでヒリヒリしはじめていた。アガサは〈ブドウの樹〉で串がなくなっていないか調べたらどうだろう、とジェームズに提案してみた。

「たいして役に立たないんじゃないかな。ケバブは町のどこででも売られている。それに町のどのレストランの調理場にも大量の串があるだろう。だけど、よかったら今夜〈ブドウの樹〉にディナーに行ってもいいよ」

「先約があるの」

二人は車のところまで来た。ジェームズは振り返ってアガサを見下ろした。

「先約？　誰と？」

「プールで会った人」

ジェームズは車に乗りこみ、バタンとドアを閉めた。アガサは助手席側に回って車に乗った。二人とも無言のままヴィラまで車を走らせた。

アガサはヴィラに着くとまっすぐ自分の部屋に行った。ベッドにころがるとふいに疲れを覚え、地中海の波の音を子守歌にぐっすり眠りこんでしまった。

目が覚めたときは外が暗くなっていた。あわてて旅行用目覚まし時計の蛍光文字盤を見た。七時半！　急がなくては。

バスルームの水は出なかったので、シャワーを浴びることもできず、肌はべとつきざらついていた。荷物の中にメイク落とし用のウェットティッシュを見つけ、一箱使って全身をふいた。肩は火がついたようにヒリヒリしたが、顔はきれいに日焼けしている。

短いシルクドレスを着た。足は小麦色ではなく赤くなっていて、肩に劣らずヒリヒリしたが、ストッキングをはくと考えただけでぞっとしたので、素足で出かけることにした。

支度をすませると下に行きジェームズを呼んだが、返事はなかった。外に出てみると、彼の車はなくなっていた。

今ではなじみになった道を走ってカラオーラノール地区を抜けたとき、警察がスピード違反を取り締まっていることに気づいた。二台の車が停められていた。アガサはのろのろ運転でそのかたわらを通り過ぎた。軍の速度規制用障害物と〈ジャスミン・コート・ホテル〉を過ぎてキレニアに入り、新しい一方通行の道をぐるっと回って〈ドーム・ホテル〉に到着した。地元の連中にならって、アガサも横町に駐車して、ホテルまで歩いていった。

ジェームズはアガサが「殺人事件の容疑者たち」と心の中で冷ややかに呼んでいる連中といっしょにいた。彼女は一行にそっけなくうなずきかけると、海を見晴らすテーブルに歩いていった。バートが立ち上がって彼女を出迎えた。

「ここにすわりたいと思っていたんです」アガサはうきうきしていった。「海を眺めるのが大好きだから」椅子を移動させて、顔は海に、背中はジェームズに向くようにしてすわった。

「未亡人になってから長いんですか？」ワインを注文してからバートがたずねた。

「いえ、最近です」

「じゃあ、ご主人が恋しい？」

「いいえ。こみいった事情があって。何年も前に夫のもとを出たんですけど、彼はお酒のせいでとっくに死んでいると思いこんでいました。でも、実際にはほんの数カ月前に亡くなったんです」夫が殺されたとはいいたくなかった。この新しいボーイフレンドに、アガサがローズを殺したのではないかと疑われかねない。

「あなたは？」

「妻は二年前に亡くなりました。それからとても寂しくて」彼は笑った。「それに欲求不満なんですよ。お手軽な情事は好まないものですから」

「わたしもです」アガサは彼を値踏みしながら、イスラエルの暮らしはどんなかしらと考えた。

「あなたをプールで見かけたとき、なんというか、ずっと前から知っていたような気がしたんです」バートはいった。「もう少しワインをいかがですか？」

アガサの背後でオリヴィアが派手な笑い声をあげていった。

「まあ、ジェームズ。あなたって意地悪ね」

アガサはグラスを差しだし、バートの目を見つめて微笑んだ。「ここはとてもロマンチックな舞台だわ」

「そうでしょう？」

その晩、海はいつもより穏やかで、ホテルの下の岩場に小さなしぶきをあげてリズミカルに打ち寄せていた。アガサは興奮で頭がくらくらしてきた。人生の新しい一章が始まろうとしているのよ。カースリーのこともジェームズのことも殺人事件のことも、すべて忘れられる。テーブル越しにわたしをじっと見つめている、このハンサムな男性以外に大切なものなんてないわ。

レストランがふいにざわめいた。それから、しんと静まり返った。アガサは振り返った。美しい若い女性がレストランに入ってきたのだ。彼女は外国の映画スターのようだった。漆黒の輝くばかりの長い髪を日焼けした肩に垂らし、白いレースのミニドレスを着ていた。とてもとても長い日焼けした脚にはハイヒールのストラップ・サンダル。大きな茶色の目は豊かな黒いまつ毛に縁どられていた。沈黙が破られ、賞賛のささやきが広がった。

バートは心臓を射貫かれたように見えた。「とても美しい人ね」アガサは落ち着かなくなっていった。

彼は喉の奥から窒息しかけたような奇妙な声を発した。美女は二人のテーブルに近づいてきた。

「驚いたでしょ！」美女はいった。

バートは立ち上がった。「バーバラ！　ここで会うとは思ってもみなかったよ」

「予定よりも早く合流しようと思って」彼女はアガサを物問いたげに見下ろした。

「ああ、こちらはホテルに滞在している旅行者で――ミセス・レーズンだよ」

アガサはとまどって美女を見上げた。「お嬢さんなの、バート？」

「妻よ」彼女は笑いながらいった。「わたしに会えてうれしくないの、バート？」彼女はアガサのほうを向いた。「来週までこっちに来ない予定だったんです。でも、主人を驚かせようと思って」

アガサは立ち上がった。「どうぞ、わたしの椅子にすわってちょうだい」こわばった声でいった。

「だけど、お食事が終わってないでしょう、ミセス・レーズン！」

「あそこに友人たちがいるのが見えたの。ちょっと相談したいことがあるのよ」

アガサはそちらのテーブルに近づいていき椅子を引くと、ジェームズとオリヴィアのあいだにすわった。ウェイターが食べかけのケバブとライスを運んできて、彼女の前に置いた。

「あのゴージャスな女性は何者なの？」オリヴィアがたずねた。

「お嬢さんですって」アガサは嘘をついた。ジェームズの皮肉な視線が感じられた。

「じゃあ、近親相姦的な関係なのね」オリヴィアが馬鹿にしたようにいった。「テーブル越しに乗りだして、彼の口にキスしてるわ」

「うん、今は手を握りあっている」ジェームズが言葉を添えた。

「彼のことはよく知らないから」アガサはあいまいに言葉を濁《にご》した。「もしかしたら勘違いだったのかも……だって、年がずいぶん離れていたし」バートのことから話題をそらしたかった。自分が急に老けこんで、不細工でもてない女のような気がしてきた。アガサはたずねた。「殺人事件について何か聞いた？」

ジョージは首を振った。「明日、警察で何か教えてくれるかもしれない」

「おい、首を突っ込むなよ」トレヴァーがいきなりけんか腰になった。

「だけど、どうして？」オリヴィアがいった。「気の毒なローズを殺した犯人を知りたくないの？」

「もちろん知りたいし、そいつを見つけたらすぐに息の根を止めてやるつもりだ。だが、これをゲームだと考えているような、どこかの素人女にでしゃばってほしくないんだ」

「まあまあ、落ち着いて」ジョージがトレヴァーの腕に片手を置いてとりなした。トレヴァーはその手を振り払って、立ち上がった。「あんたらにはもううんざりだ」千鳥足のせいでテーブルにぶつかりながら、大股でレストランを出ていった。

「おやおや」アンガスがなだめるようにいった。「あいつのことは気にしなさんな、アガサ。みんながショックを受けとるんだ。ちょっと行って、様子を見てきたほうがよさそうだな」

アンガスも出ていった。

気まずい沈黙が広がった。

オリヴィアは急に気が抜けてしまったように見えた。

「今夜は早めに寝ることにするわ」彼女は立ち上がり、夫と友人もそれに続いた。

「明日、警察でお会いしましょう」オリヴィアはいった。

そしてジェームズとアガサだけが残った。

「あの人たち全員の経歴について、ビル・ウォンは資料を送ってくれるかしら」アガサはいった。

「きみの手紙はミルセスターに五日で届く。だけど、返事は永遠に届かないか、届いたとしても四週間ぐらいかかるよ。海外からの郵便は南トルコのメルシンを経由してくるんだ。どうしてそんなに時間がかかるのかわからないが、ともかくそれが現実なんだよ」

「そうだ、ファックスよ。ファックスすればいいわ」

「たぶん可能だろう。あの連中のうちの誰かが犯人だと本気で考えているのかい？」

「だって、妙じゃない？　オリヴィアはあのヨットのクルージングではとてもスノッブだった。あからさまにローズを軽蔑していた。ジョージがローズを口説こうとしたのは理解できるわ。とてもセクシーな女性だったから。だけど、オリヴィアのほうは……。みんながあんなに仲よくなった理由について、あなたに何か話さなかった？」

「人は同胞のために何かしなくてはならないとか、そんなようなことだけだよ」

「だけど、親しくなったのは殺人事件の前よ！」

「よかったらビルにファックスしてみたまえ。だけど、この事件は酔っ払いのしわざじゃないかな。それに、ここではドラッグがはびこっていて、かなり簡単に手に入る。すっかりラリっていて、何をしたかも覚えていないやつの犯行かもしれない。行こうか。それとも」とジェームズは意地悪くつけ加えた。「ボーイフレンドにあいさつしてくるかい？」

怒りのあまりアガサは目に涙がにじんだ。

「もう行こう」ジェームズは軽い調子でいった。「あんなに美しい妻がいる男性に誘われたら、たいていの女性は鼻高々だろうね」

アガサは目をこすった。「結婚しているのは知ってたわ」彼女は嘘をついた。

「そういうことにしておこう。さて行こうか」

翌日、さらに湿度が上がった。空は青く晴れ、海は凪《な》ぎ、風はほとんどなかった。道路の片側には空に向かって山々がそびえ、コバルト色の海ははるかかなたのトルコまで広がっている。アガサはニコシアの警察署に向かいながら、ジェームズへの思いに苦しむことも、取り調べもなく、ただ休暇を楽しんでいられたらよかったのにと心から思った。

警察署の外に駐車したとき、あらゆることが非現実的に感じられてきた。殺人事件など起きず、ローズがダイヤの指輪をきらめかせながら、その角から現れ、「あら、アガサじゃない？」と叫ぶような気がした。

オリヴィア、ジョージ、ハリー、トレヴァー、アンガスはすでに到着していた。個別に供述をとられることになっていたので、ジェームズがあとで〈サライ・ホテル〉にみんなで集まって、ランチをとりながら情報交換しようと提案したのには、アガサも面食った。

アガサは時間つぶしのために読む本を持ってきていた。最初はトレヴァー、次にオリヴィア、それからアガサの名前が呼ばれた。

パミールは大きなデスクの前にすわっていた。燕尾服を着たトルコの初代大統領アタチュルクの大きな写真が、デスクの背後からこちらを見下ろしている。

警官がデスクの前の椅子をアガサのために引いてくれた。腰をおろすと、急に落ち着かなくなった。

パミールは例のぽっちゃりした毛深い手をデスクの上で組んだ。チョコレートブラウンのダブルのスーツを着て、オレンジと黄色のストライプの幅広のネクタイをしめている。胸ポケットからは大きな黄色のシルクハンカチーフをふわっとのぞかせていた。

「さて、ミセス・レーズン。もう一度すっかり話していただきたい。あなたたちはディスコに到着した」

「ジェームズがオリヴィアと踊りはじめました」アガサはいった。「それからわたしはアンガスと踊ったんですけど、足を踏まれたので椅子にすわろうといったんです」

「それでローズ・ウィルコックスは？」

「ジョージと、ミスター・デブナムと踊っていました」

「どんなふうに踊っていましたか？　体を近づけていた？」

アガサは思いだそうとして集中した。彼女はもっぱらジェームズばかり見ていたのだ。

「体を近づけてはいなかったわ。ディスコ・ダンスでした。ローズは全身を激しく揺らし、ジョージはきどったぎくしゃくしたダンスをしていました。自分はイケてると思っている中年男性がよくやるようなダンスです。音楽がすごくうるさくて、フロアは混雑していました」

「ミセス・ウィルコックスは特別に誰かに誘いをかけていましたか？　ミスター・デブナムについては話してくださいましたが、ミスター・レイシーにはどうでしたか？」

「ミスター・レイシーが何ですって？」目をすがめてアガサは問い返した。

「ミセス・ウィルコックスはミスター・レイシーに魅力を感じているようでしたか?」

「それは気づきませんでした」アガサは憤慨して答えた。

「ではゆうべのことに移りましょう。あなたは〈ドーム・ホテル〉で食事をしたが、相手はミスター・レイシーや他のメンバーではなく、イスラエルから来たビジネスマン、ミスター・モートだった」

「それが殺人事件とどういう関係があるんですか?」

「すべての人間関係を調べなくてはならないんです。それにあなたはミスター・レイシーと非常に特殊な間柄だ。結婚の約束をして、結婚式をあげようとしたら、あなたの夫がその場に現れた。あなたはここに彼を追ってきて、同じヴィラに泊まっている。にもかかわらず、あなたはミスター・モートのディナーの誘いに応じた」

「たんに友人としておしゃべりしただけよ」アガサは必死になっていった。「彼は奥さんを待っていたんですよ」

「登場するまでその存在を知らなかった奥さんですね」

「そんなことないわ! わたしを見張っていたんですか?」

「ミセス・レーズン、ゆうべ同僚の一人がたまたまあのレストランにいたんです。今朝、ミスター・モートが包み隠さず話してくれたんですよ。彼はあなたを魅力的だと思いディナーに誘った。彼の言葉を借りると『うまいことやれそうだ』という印象を受けたそうです。というわけで、あなたはデートとしてディナーに応じた。ミスター・レイシーがいながらね」

「わたしとミスター・レイシーとのあいだにはもう何もないんです」アガサはむきになって主張した。「友人で隣人、それだけです」

パミールはかがみこんでなにやらメモした。それから目を上げて、考えこむようにアガサを見た。

「申し上げたように、あなた方の人間関係における対立を洗いざらい調べなくてはならないんです。そして、ここにはふたつの三人組、妻に夢中な二人の夫、忠実な二人の友人がいる。嫉妬が動機になったのかもしれない」

「彼らにたずねたらいいでしょう」

「ああ、もちろんです。さて、何者かはミセス・ウィルコックスを殺害するために、細い刃をどの場所に刺すべきかを知っているだけの医学的知識があった。それとも、幸運な偶然だったのか。あなたは医学的訓練を受けたことがありますか、ミセス・レーズン？」

「いいえ」

「ではミスター・レイシーは？」

「ないわ」

「計画的な犯行に見えます」パミールは体を乗りだした。「何者かが準備をしていた。たぶんあのディスコの照明について知っていたのでしょう——頭上のミラーボールが回転するときに、真っ暗になる瞬間があることをね。誰かあそこに行ったことがあったんですか？」

「わたしは知りません」アガサはうんざりしていった。「あの人たちのことはろくに知らないんです。だけど、よかったらお手伝いするわ。警察の捜査を手伝ったことがあるんです。殺人事件の手がかりは彼らの経歴からつかめるんじゃないかしら。もしもあのうちの誰かがやったとしたら、ですけど。資料を見せていただければ——」

「だめです」パミールがきっぱりいった。「素人はお断り。休暇を楽しんで、このことは忘れてください」

「つまり、わたしは容疑者じゃないってことかしら？」

「あの晩、あのディスコにいた人全員が容疑者ですよ。今日は帰っていただいてけっこうですが、キプロスからまだ出ないように。では、ミスター・レイシーを呼んでください」

パミールとジェームズのあいだで交わされた会話を聞くためなら、アガサはどんな犠牲もいとわなかっただろう。パミールはわたしたちの関係について質問しているのかしら？　そしてジェームズはどう答えたのかしら？

結局、アガサは憂鬱な気分で結論を出した。二人はただの友だちにすぎない、アガサが勝手にキプロスまで追ってきたのだ、とジェームズは答えるだろうと。そして自分は失われた愛を追いかけている哀れな中年女に見えることだろう。

ジェームズがようやく出てくると、アガサはニコシアで二人だけでランチをとろうと提案した。しかしジェームズは全員いっしょにランチをとるべきだといい張った。

「どうして？」アガサはむっとしてたずねた。

「誰が犯人か知りたくないのかい？」

「そりゃあね」アガサはしぶしぶ答えたが、彼と二人きりになりたいとはいえなかった。

とうとう全員が供述を終え、無言で〈サライ・ホテル〉に歩いていき、最上階のレストランへ行くエレベーターに乗りこんだ。彼らが窓辺のテーブルにすわると、礼拝の時刻を知らせる声が赤い屋根の並ぶニコシアの町に響き渡った。

「ぎゃあぎゃあ、うるさいったらないわ」オリヴィアが不機嫌にいった。

「ここはイスラム教徒の国だからな」とアンガス。「さて、みなさん、これで終わりだと思うかね？」

「また尋問をされるのかという意味なら、そうなるでしょうね。警察はわれわれの一人が犯人にちがいないと考えているんです」ジェームズがいった。

彼はトレヴァーを見たが、トレヴァーは窓の外のモスクの尖塔をぼんやり眺めていた。

「誰がやったのか探りあてるのは、どうやらこのわたしに任されたようね」とアガサはいってから、たちまち後悔した。いかにも無神経な発言だと気づいたからだ。

「そういえば殺人事件を解決したとかいってたわね」オリヴィアが冷たい笑い声をあげた。「すべてあなたの妄想ってことはないんでしょうね？」

「もちろん、ちがうわ！」アガサは熱くなって反論した。「ミルセスター警察の仕事を何件か手伝ったことがあるのよ」

「へえ、そうなのか」ハリー・テンプルトンが小馬鹿にしたようにいった。

「みんなに話してあげて、ジェームズ」アガサはいった。

「たしかに、アガサが殺人事件の捜査に首を突っ込んでへまをやったおかげで、犯人が尻尾を出したというのは事実ですね」ジェームズがにべもなくいった。

アガサは唖然として彼を見た。「あなたが女性だったら、性悪女って呼ばれたところよ」

気まずい沈黙が広がり、しばらくしてトレヴァーが発言した。

「あんたたち、おれが女房を亡くしたってことに配慮してほしいね」彼は語気を強めた。「薬物依存症の地元のやつが犯人だよ。このいまいましい島とは一刻も早くおさらばして、二度とこの土地を見なくてすめばうれしいね」

ウェイターがやって来たので、全員が食事を注文した。アガサはアンガスを観察した。トレヴァーはどこから見ても嫉妬深い夫だったが、それでも友人が休暇に加わることを許したのだ。なぜだろう？　アンガスでは年をとりすぎていて、競争相手にはならないと思ったから？　それともアンガスが旅費を負担してくれたから？

ミルセスター警察のビル・ウォンにやはりファックスをするべきだと、アガサは考えた。全員の経歴について聞きださなくては。

オリヴィアはこの気まずいランチを乗りきるには、自分の社交術が必要だと感じたようだった。ジェームズには本について、アンガスには引退して何をしているのかについて、ハリーには農業について話題を振った。トレヴァーはずっとむっつりと黙りこんでいたし、オリヴィアが会話を仕切っていたので、アガサは仲間はずれだった。

レストランから〈サライ・ホテル〉の外の舗道に出ると、アガサはジェームズと腕を組んで、きっぱりといった。

「じゃ、さようなら。また市場を見に行ってくるわ」

彼女はジェームズを引っ張るようにして歩きだした。他の人々から声が聞こえないところまで来ると、アガサはいった。

「わたしが殺人事件を解決したことについて、ずいぶんひどいいい方をしたわね」

「あの場にいたトレヴァーに対して、きみが無神経な発言をしたと思ったんだ。それに、この事件を調べるつもりなら、彼らのうちの誰かが殺人犯かもしれないし、手柄を宣伝しないほうが利口だよ」

「まったくもう、えらそうに！」アガサは宝石店の前で足を止めた。「まあ、あのロレックスの腕時計、ものすごく安いわ」

「バッタものさ」ジェームズがそっけなくいった。「たぶん一週間動くかどうかだな。本気でまた市場に行きたいのかい？」

「いいえ。他の人の耳がないところであなたと話をしたかっただけなの。あの人たちの経歴のどこかに、ローズの死の手がかりがあるはずよ。ビル・ウォンに〈オナル・ヴィレッジ・ホテル〉からファックスして、何か探りだしてもらえないか頼んでみない？」

「あと一日待ってみようよ」ジェームズは用心深くいった。「ここで何か見つかるかもしれないし、そうしたらミルセスター警察の手をわずらわせるまでもない。そうだ、明日はピクニックに行き、名所でもいくつか見学しないか？　まず聖ヒラリオン城でもどうかな？」

アガサはジェームズがしゃべっているあいだ、宝石店のウィンドウをのぞきこんでいた。ふいに警告するように彼の腕をつかんだ。ウィンドウの中に、背後にいるオリヴィアとその一行の姿が映ったのだ。

いつからあそこにいたのかしら？

二人はくるっと振り向いた。「わたしたちも市場に行こうと思ったの」オリヴィアがいった。

「気が変わったわ」ジェームズが何もいわないうちにアガサはいった。天候はまだ暖かかったので、オリヴィアは見事な胸を強調するような短いサンドレスを着ている。これからぐっと冷えこめばいい気味だわ、とアガサは思った。

「今夜、ディナーをごいっしょにいかが？」オリヴィアが誘った。

「それなら、キレニアを出てすぐ、ゼイティンリッキにとてもすばらしいレストランがありますよ」ジェームズがいいだしたので、アガサはいらだちを覚えた。「〈オットマン・ハウス〉という店です。八時では？」

「いいわね。ではまたそこで」

「うん、おれたちはいっしょにいたほうがいいね」アンガスがいった。

「どうしてあんなことをいったの？」その場から立ち去りながらアガサは怒って文句をいった。「今日はもうこれ以上、あの人たちの顔を見たくないわ」

「連中について調べたいんじゃないのかい？」ジェームズはたずね、アガサを引っ張ってスイカを積んだ荷馬車をよけさせた。「ハリーとアンガスについて何を知っている？　ハリーは農場主でアンガスは引退した商店主だということ以外に」

「ビル・ウォンにファックスすれば、知りたいことはすべて手に入るわよ」アガサは不機嫌にいい返した。

「ビル・ウォンは忙しくて、キプロスの殺人事件になんてかかずらっていられないかもしれない。ただのディナーじゃないか、アガサ。それに夜までは二人きりで過ごせるんだし」

しかしヴィラに戻るとすでに三時半で、ジェームズは執筆をしたいといいだした。

アガサは自分の部屋に行き、オリヴィアよりもすてきに見えそうな服を探しはじめた。部屋には電話機が置かれていた。ふと閃いて、アガサは鮮やかな色の服をベッドに広げたまま、牧師の妻ミセス・ブロクスビーの番号をダイヤルした。

「アガサ」ミセス・ブロクスビーはいった。「どうしているの？　新聞で殺人事件について読んだわ」

アガサはすべてを語った。窓から青い地中海を眺めながら、カースリー村はなんて遠く感じられるのだろうと思った。

「それで、その殺人事件でジェームズとはまた親しくなれたの？」アガサが話し終えると、牧師の妻はたずねた。

「いえ、あまり」アガサはため息をついた。「ジェームズの性格を知ってるでしょ」

「ああ、アガサ、本当に心の温かい人と出会えればいいのにね」

「ジェームズだって心の温かい人よ。ただ自分の気持ちの表し方を知らないだけなの！」

牧師の妻は失言を後悔した。「そんな意味でいったんじゃないわ、アガサ。というか、そんなことをいうべきじゃなかったわね。わたしったら、どうかしてる。あなたがいないからみんな寂しがってるのよ。いつ頃戻ってくる予定？」

アガサは開いた窓から海をにらみつけると、甘い空気を胸いっぱいに吸いこんだ。

カースリーなんて大嫌い。二度と戻りたくないわ。どうしてみんなわたしのことを放っておいてくれないの？「わからないわ」切り口上に答えた。

「口を滑らせなければよかったわ」ミセス・ブロクスビーは、電話を切ったあとで夫にぼやいた。「かわいそうなアガサ」

牧師は眼鏡の縁越しに妻をちらっと見上げた。

「わたしはアガサ・レーズンには同情しないね。わたしの意見じゃ、彼女とジェームズ・レイシーはどっちもどっちでお似合いだよ」

4

夜は暖かくてムシムシし、黒雲が月を隠していた。アガサはフルメイクをしたが、ゼイティンリッキのレストランに着いたとき、ファンデーションとマスカラが流れはじめていることに気づいた。高い襟のついたミニの黒いドレスを選んだが、車の中でジェームズにしゃべりかけようとして顔を向けたとき、汗ばんだ頬がえりをこすったので、襟にファンデーションがべっとりついたにちがいなかった。足はプールの日焼けからまだ回復していなかったし、湿度のせいで産毛《うぶげ》がぼさぼさに生えていたので、ストッキングをはいてきた。そっと上唇を触ってみると、出発前にリップクリームを塗っておいたおかげで、まだつるつるしている。ああ、若い頃は当然だと思っていたのに。ほっそりしたスタイルも、なめらかな肌も、産毛のない肌も！　三十代後半に戻れたらと痛切に感じた。あの当時なら、たとえば大きなチーズケーキを食べて二分後にパンティのゴムがきつくなることもなかったのに。

レストランの経営者のエミネとアルタイは二人を出迎えると、庭園レストランの中央にある噴水わきのテーブルに案内してくれた。そこにはすでにオリヴィアとその一行がすわっていた。日焼けと酒のせいで、トレヴァーの顔はゆでられたみたいに真っ赤だった。食べ物はいつものようにおいしかったが、トレヴァーはろれつの回らない大声で、〝こういう外国のクソみたいな料理〟にはもううんざりだと文句をつけ、うまいステーキとキドニーパイが食べられるならいくら出しても惜しくないといった。

「この場所は以前テンプロスと呼ばれていたのよ」トレヴァーの暴言のあとの気まずい沈黙を破るかのように、オリヴィアが大きな声でいった。「テンプル騎士団がここを本拠地にしていて、ここは聖ヒラリオン城の農園みたいなものだったらしいわ。お城に直接通じるトンネルもあったっていう話よ」

「十字軍をだしぬくなんて、エンジニアの手柄だったんでしょうね」アガサがいった。

「山の上のお城は騎士団が建てたのよ。だからトンネルは十字軍をだしぬいて建設されたわけじゃないわ」オリヴィアが説明した。

アガサは話題を変えることにした。反論されるのは好きではなかった。

「北キプロスがどうして国として認められていないのか理解できないわ」アガサはいった。

「実に単純なことだよ」ジェームズがいった。「自分たちが耐えてきた大量殺戮を忘れられるままにしているからだ。ある村で、女性と子どもが後ろ手に縛られて生き埋めにされたんだ。ギリシア系のキプロス共和国は非常に強力な宣伝組織を持っているが、北キプロスにはほとんど宣伝組織がない。わたしが新興国を治めていたら、銃や弾丸にお金をむだに使わずに、マディソン・アヴェニューの宣伝会社を雇うだろうね。こっちの政府の人間と話をしたことがあるんだ。『あなたたちがこうむったことを、どうして世界に知らしめないんですか?』とたずねると、反撃されるだけだから、といっていたよ」

「ここには国連軍がいる」アンガスがいった。

「それで国連軍は何をしているんだ?」ジェームズが追及した。「国連の機能について教えてあげよう。さまざまな国に多額の負担をさせ、国連軍兵士が少数民族を一掃しているんだ。そもそも少数民族の一掃なんていい方はおかしい。大量殺戮という言葉こそふさわしいんだ。ユダヤ人迫害で、この不快な言葉が浸透したんじゃなかったかな? ボスニアを見ればいい!」

「骨つきラムはなんておいしいのかしら」オリヴィアが陽気にいった。「召し上がってみたら、トレヴァー。まさに母の味よ」

「おれの母親は缶切りで作る料理しかしなかったよ」トレヴァーはいった。

なんて不釣り合いなメンバーかしら、とアガサは思った。わたしとジェームズですらそうだわ。彼は政治については情熱をこめて語るけど、わたしたちのことでは情熱的な言葉をひとことだって引きだせない。情熱——この殺人事件の裏にはどんな秘密が隠されているのかしら？　でも妻同様にやせて青白い顔のジョージ・デブナムは、いつもクールで超然としているように見えた。そして、友人のハリー・テンブルトンはといえば、大きな分厚い眼鏡のせいでいつも表情が読みとれないけど、アンガスとうりふたつだ。二人とも年をとり、肉がたるみ、後退しかけた白髪頭をしている。たぶん既婚カップルに惹きつけられる年配男性のタイプというものが存在するのだろう。

「これまで結婚したことはあるんですか、ハリー？」アガサはたずねた。

彼は眼鏡の奥でまばたきした。「ええ、でも妻は二十年前に亡くなりました」

「あなたは、アンガス？」

「おれにふさわしい相手がとうとう見つからなかったんだ」アンガスは悲しげにいった。スコットランド訛りでしゃべろうと意識していないと、訛りはあまり顔を出さないようだった。「ローズみたいな女性に出会えていたら、またちがっていただろうけどな」その言葉をどう受け止めただろうと、アガサはちらっとトレヴァーを見た。だがトレヴァーはまたもや陰鬱な物思いに沈んでいるようだった。

「それであなたはどうなの、アガサ？」オリヴィアがたずねた。「ローズがあなたの記事を読んだのを思いだしたっていってたわ。こちらのジェームズとちょうど結婚しようとしていたときに、ご主人が現われて、そのあと殺されたんでしょ。ジェームズが許してくれたのは奇跡よね」

「許してくれてないし、これからも許さないでしょうね」アガサはいった。ふいに涙があふれてきた。「ちょっと失礼」

彼女は立ち上がるとトイレに行き、洗面台にもたれかかった。わたしったらどうしちゃったのかしら。これが更年期ってやつ？　ホルモン補充療法でも受けたほうがいいのかしら？　それとも優秀な精神科医を見つけて、ジェームズにのぼせているのは頭がおかしいせいだと忠告してもらったほうがいいのかしら？

のろのろとトイレから出ると、庭園のテーブルに戻りかけた。そのときはっと足を止め、レストランの入り口をまじまじと見つめた。

金髪でほっそりした繊細な顔立ちをした小柄な男性がそこに立っていて、周囲を見回していた。

アガサは彼に近づいていった。「チャールズ」

準男爵のサー・チャールズ・フレイスはアガサをじっと見つめた。「不思議ですね。ちょうどあなたのことを考えていたんですよ、アガサ。ホテルの人たちがイギリス人女性が殺されたと話していたので、あなたのことが頭に浮かんだんです」

アガサはサー・チャールズの地所でハイカーの他殺体が発見されたとき、その捜査に関わったことがあった（『アガサ・レーズンと貴族館の死』参照）。

「ごいっしょにいかが？」アガサは自分たちのグループを手で示した。全員がこちらを眺めていた。

「あれはレイシーですね」チャールズがいった。「彼ともう少しで結婚するところだったんでしょう？　奇妙な連中といっしょなんですね。いえ、仲間入りするのは遠慮しておきます」

「ここで何をしているんですか、チャールズ？」

「ただの休暇です。あなたはレイシーといっしょなんですか？　ハネムーン？」

「いいえ、ただの友だちよ」

「へえ、それなら、二人でどこかに飲みに行きましょう」

「お食事はいいんですか？」

「ええ、ただ幹線道路やら横道やらを車でうろうろして、一杯やれる涼しい場所を探していたところなんです」

「せめてあいさつだけでもしていったらいかが？」アガサはこの準男爵をオリヴィアに紹介したくてうずうずしていた。

「やめておきますよ、アガサ。どうなるか目に見えるようじゃないですか。みんながぞろぞろついてきますよ。さっさと出ましょう」

ふいに、チャールズとこのまま行方をくらまして、どこかで静かにグラスを傾けるという案がとびきり魅力的に感じられた。

ジェームズはオリヴィアと熱心に話しこんでいたし、アガサが戻るのを今か今かと待っているような様子もなかった。チャールズはちょうどヤシの木の陰になっていたので、ジェームズにはアガサが誰かとしゃべっていることしかわからなかったはずだ。再びジェームズが顔を上げたとき、アガサとその連れは姿を消していた。

十分後、アガサとチャールズは〈ドーム・ホテル〉の近くのオープン・カフェにすわっていた。

チャールズは二人分のブランデーサワーを注文すると、椅子に寄りかかってぼんやりと海に視線を向けた。

「結婚したって聞きましたけど」アガサがいった。

「婚約ですよ。でも、うまくいかなかった。お互いに惹かれあうものがなかったんです。サラは両親にべったりでね。とてもりっぱな人々だったが、サラの父親はわたしの家の暖炉に薪をくべるような人間でした。わたしのいっている意味はわかりますか？」

「なんとなく」アガサはいいながら、ふいに堅実な中産階級の家族が目に浮かんだ。彼らの生活は貴族のチャールズには異質だったのだろう。

「彼女の家族はとてつもなく退屈な連中を招いて、やたらに長いディナーパーティーを開くのが好きだったんです。わたしはテーブルにすわってずっと考えていましたよ、いつ今夜のパーティーは終わるんだろうって。ああ、誰か笑える話をしてくれ。頼むからって」

「それで婚約を破棄したんですか？　グスタフはどうしているの？」グスタフはチャールズの執事をしていた。

「婚約のせいで家を出たんです。とんでもないスノッブですよ、グスタフは」

「今どこにいるんですか？」

「ジュネーヴの高級ホテルで支配人をしていますよ」

「代わりの人は雇ったんですか？」

「いいえ。最近じゃ使用人を見つけられないし、もはや時代錯誤ですよ。村の女性に掃除をしてもらって、週末に人がたくさん来るときはケータリング会社に頼んでます。それでこの殺人事件はどうなっているんですか？」

アガサはチャールズに洗いざらいしゃべった。話せば話すほど、ますます現実感が薄れていく気がした。

チャールズの青い目は海からアガサの顔に向けられた。

「それで、どうなんです？　あなたは手がかりを追ってるんですか？」

「いいえ」アガサは憂鬱そうにいった。「実をいうと、あの人たちについてもっと探るために、ジェームズのところに戻らなくちゃならないの。ビル・ウォンにファックスしようかと思ったんだけど。ほら、ミルセスター警察の友だち。彼に頼んであの人たちの経歴を探ってもらおうかと思ったんです。でも、ジェームズが待てっていうから」

「〈ドーム・ホテル〉に頼んでファックスしてもらいましょうか？」

ジェームズなんて知るもんですか、とアガサは思った。わたしが主導権を握って行動したっていいはずよ。

「ここにはタイプライターもパソコンも持ってきていないんです」アガサはいった。

「手書きしたらいい。だって、『ローマ人への手紙』じゃないでしょう？　ほんの数行なんだから」

「そうよね！」

「そうですとも」ふいにチャールズは興味を失ったようだった。

「それでコッツウォルズはどんな様子なのかしら？」自分がいなくなってジェームズはどう思っているだろうと不安になり、不作法な真似をしたことが気になってきた。

「ああ、相変わらずですよ。おや、あそこにかわいい子がいるな」

男性の連れから別の女性をほめるように求められて、当然ながらアガサは女らしいいらだちを覚えた。それにレストランを立ち去って、あの場をオリヴィアに任せてきてしまったのも気がかりだ。しかしビル・ウォンにファックスを送る手配をしてもらいたかったので、お酒を飲んでいるチャールズをせかすような真似はできなかった。

ようやく彼はウェイトレスに合図して支払いをした。

〈ドーム・ホテル〉に戻ると支配人がフロントにいて、ファックスを送ることを承知してくれた。アガサは紙にビルへのリクエストを書き、〈ドーム・ホテル〉に彼女宛の返事が届いたら、受けとりに来るまで預かっていてほしいと頼んだ。

「料金はお客さまに請求いたします」支配人はチャールズにいった。

「わたしのファックスじゃないんだ」チャールズはいった。「支払いはミセス・レーズンがする」

「どちらにお泊まりですか、ミセス・レーズン？」支配人がたずねた。「会計係から請求書をお送りします」

アガサはヴィラの住所を書いた。

「さてと、そろそろベッドに行こう」チャールズがあくびをこらえながらいった。

「家まで送ってくださらない？」アガサは頼んだ。「ジェームズの車でレストランに来たの」

「へとへとなんです。タクシーを呼んであげますよ」

チャールズはフロントでタクシーを頼んでくれ、彼女にうなずくと歩み去った。

フロント係はいった。「とても混んでいまして。タクシーが来るのに十分ほどかかります」

「バーで待っているわ」

アガサはバーに入っていくと、入り口ではっと足を止めた。ブランデーサワーのグラスを片手にしたチャールズが、トルコ人女性のグループとおしゃべりしていたのだ。

アガサはまたもや拒絶された気がした――最初はジェームズに、次にチャールズに。すごすごとフロントに戻るとタクシーが到着するのを待った。

しかしヴィラに戻ってみると、家は真っ暗だった。鍵はジェームズが持っている。タクシーの運転手に〈オットマン・ハウス〉に連れていってくれるように頼んだが、三十分前にみんな帰っていた。途中で行き違いになったのだと考え、アガサはまたヴィラに戻ったが、やはり真っ暗だった。ぐったりして、運転手に〈ドーム・ホテル〉に戻ってくれといった。

ジェームズはそこにも姿がなく、他の連中も部屋にいなかった。どこに行ってしまったのだろう？

アガサはフロントの椅子にすわりこんで、ぼんやりとあたりを見回した。

「まだいたんですか？」チャールズが近づいてきて声をかけた。

「ええ、そうなの」アガサは力なく答えた。「ジェームズがまだどこかに出かけていて、彼が鍵を持っているのよ」

「もう遅いですよ。わたしは寝ます」チャールズはためらった。「ベッドはふたつあります。よかったら片方を使ってもいいですよ」

「ありがたいわ」アガサはほっとしていった。「行ったり来たりには、もううんざりだったから」

「じゃ、いらっしゃい」チャールズはエレベーターに向かった。「わたしの歯ブラシは使わないでくださいよ」

部屋に入ると、彼はパジャマを投げて寄越した。

「それを着ていいですよ。先にバスルームを使ってください」

アガサはシャワーを浴びてパジャマに着替えた。「あなたのベッドは窓際のほうだ」チャールズはアガサが出てくるといった。「いびきはかかないでしょうね」

「たぶんかかないと思うけど」涙があふれてきた。「でも、かいたとしても、これまで誰にも指摘されなかったわ」

「たっぷり泣くといい。思い切り泣くとすっきりしますよ。それから一杯やれば、ぐっすり眠れるだろう」

チャールズはバスルームに入っていった。アガサはぼうっと前方を見つめていた。カースリーのコテージに帰りたくてたまらなかった。イギリスの雨が茅葺き屋根をしとしとたたいている夜に、ベッドの端で眠っている猫たちといっしょにほっとする時間を過ごしたかった。なんでまた、この風変わりな準男爵と外国のホテルの部屋に二人でいる羽目になったのかしら？

ようやくチャールズがバスルームから現れた。ペイズリー模様のパジャマを着ている。彼は窓と鎧戸を大きく開けた。「バルコニーにテーブルがあるんだ、アギー。こっちに来て、すわって」

アガサはバルコニーにすわった。空気は暖かく甘く、波の音は心を慰めてくれた。

「わたしはブランデーソーダは作れないけど」とチャールズがいいながら、ボトルとグラスをふたつ持って戻ってきた。「ブランデーならあるよ。地元産だけど、悪くない」

二人は黙りこくってお酒を飲んだ。やがてチャールズがいった。

「どういうことなんだい？」

「どういうって？」

「泣きそうになってただろう、アギー」

「アガサよ」

「アギーのほうが好きだな。アギーって呼ばせてもらうよ。あなたはわたしの部屋にいて、わたしのブランデーを飲んでいるんだから、好きな名前で呼んでもいいはずだ」

酔いも手伝って、アガサはしゃべりはじめた。ジェームズのこと、ジェームズとの関係、ジェームズに対する執着についてすっかり話した。

「十七歳のときに、ある女の子にそういう恋をしたなあ」チャールズは聞き終わるといった。「それはそういうやつだよ、アギー。十代の恋だ」

「あなたに理解してもらえるとは期待していなかったわ」アガサは悲しげにいった。

「考えたことあるかな」チャールズはブランデーのグラスを月光にかざし、琥珀色の液体を眺めながらたずねた。「あなたにこんな真似をさせている男は、どうかしてるって？」

「わたしが悪かったのよ。彼はわたしを決して許さないでしょう」

「じゃ、彼はあなたを鎖につないでおくべきじゃないよ。こんなところまで自分を追ってくるべきじゃない、もう終わったんだ、失せろ、といえばすむことなんだ、アギー」

アガサはうなだれた。「彼はまだわたしを愛しているんだと思うわ」

「夢を見ていればいいよ。そして夢といえば、もうベッドに入ろう」

アガサはため息をつき、グラスを干すと彼のあとから部屋に戻った。なんとなく、チャールズはパジャマ姿でもビジネススーツを着ているみたいに、きちんとしていてよそよそしい感じがした。

アガサはベッドに入った。なんてこと！　酔っているせいで頭がくらくらする。

「こっちにおいで」チャールズの声が聞こえた。

「え？」

「こっちにおいでよ」チャールズはアガサの隣にもぐりこんできて、彼女を抱きしめた。

「何をしているの？」アガサはたずねた。

「何だと思う？」

チャールズは顔を近づけて、ゆっくりとキスをした。あら、まあ、キスだけなら、とアガサは酔っ払いながら思った。そのキスはとても心が安らぐと同時に官能を刺激し、まったく現実味がなかった。チャールズはエアコンをつけるのを忘れていたし、窓はまだ開いていた。チャールズはとても長いあいだアガサにキスしてから、彼女のパジャマを脱がした。最後にアガサの頭をよぎった意味のある言葉は、まあ、なんてことかしら、だった。


電話が甲高く鳴って、アガサは朝の五時に目を覚ました。チャールズが電話に出た。彼が「ええ、ジェームズ、彼女はここにいます。他に行くところがなかったので、空いているベッドを使ってもらったんです」というのが聞こえた。彼はベッドから出ると、「彼が上がってくるよ」チャールズは電話を切るといった。彼はベッドから出ると、脱ぎ捨ててあったパジャマをすばやく着た。

アガサはバスルームに駆けこんだ。そこに服を置いておいたのだ。シャワーをひねり、すばやく体を洗ってふき、服を着た。外で話し声が聞こえた。鏡の中の自分を心配そうに見た。愛を交わした気配はどこにも表れていなかった。

アガサは部屋に入っていった。「そこにいたのか」ジェームズが陽気にいった。「すごく心配したんだぞ！　警察にあちこち捜してもらったんだ」

「どこにいたの？」アガサはチャールズを見ないようにしながらいった。「ヴィラに行って、それからレストランにも戻ったけど、誰の姿もなかったのよ」

「みんなでバーに行ったんだ。彼女の面倒を見てくれてありがとう、チャールズ。レストランにいたのはきみだったんだね。どうしてあいさつしてくれなかったんだ？」

「どういたしまして」チャールズは最後の質問はさらっと受け流して答えた。「さて、よろしければ、わたしはもう少し寝たいんですが。疲労がはなはだしくて。きっと海辺の空気のせいにちがいない」

ジェームズは先に立って歩きだした。アガサは戸口で振り返ってチャールズを見たが、彼のこぎれいな顔には感情がまったく浮かんでいなかった。

男っていうのは、とアガサ・レーズンは思った。一生かけても理解できそうにないわ。

ローズ・マコーレーは聖ヒラリオン城を「絵本で妖精の王様が住んでいるような城」と表現したが、その城は『白雪姫』のアニメーターたちにインスピレーションを与えたといわれている。

その日の午後、アガサは駐車場で車から降りると、ぐるっと見回した。はるか下には青い地中海が広がっている。反対側には雲ひとつない空を背景に廃墟となった城。マツの木の匂いが漂い、セミがミシンを思わせる声でせわしなく鳴いている。

ホテルから戻ってくると、ジェームズはアガサをゆっくり寝かせてくれた。でも、城までの長く曲がりくねった道を上がってくるあいだ、いつになく無口だった。アガサはチャールズと寝たことで罪悪感を覚えていた。わたしったら、どうしちゃったのかしら？　それにチャールズもどういうつもりだったのかしら？　夜の早い時間には、わたしに惹かれているそぶりをこれっぽっちも見せなかったのに。たぶん、都合のいいベッドの相手と思ったんだわ。アガサは顔を赤らめた。

「顔が真っ赤だよ」ジェームズがいった。「暑いせいかな？」

「ええ、そうね」アガサは不機嫌にいった。「ここは日差しが強烈だから」

二人は駐車場を出て小さなカフェを通り過ぎ、城の最初の部分へと急な階段を上っていった。アガサはぐったり疲れていたせいで、少しよろめいた。ジェームズは思いがけないほど乱暴に彼女の腕をとり、鋭い口調でいった。「きみとチャールズがあんなに親しかったとは意外だよ」

「別に親しくないわ」アガサは腕をもぎ離した。「あの事件で知り合いになっただけよ」

「そうだろうね。なのに、どうしてゆうべ彼とどこかに消えたんだ？」

「彼はわたしたちのグループが気に入らなかったらしく、二人で一杯やろうといいだしたのよ」アガサは弁解した。「それがどうかしたの？」

「別にどうもしないよ。なぜ彼について行ったんだ？　ああ、なるほど、スノッブだからか。彼は準男爵だ」

「ちがうわ」アガサは腹を立てた。「ただ、あなたたちから逃げだしたかっただけよ！」

「あちこち探し回ったんだぞ。下級貴族が現れたら、急に目の色が変わるんだな、アガサ」

「そうじゃないって。ただビル・ウォンにファックスを送りたかっただけなの」

「なんだって？」

「〈ドーム・ホテル〉からビル・ウォンにファックスを送ったの。チャールズが支配人に頼んでくれて――」

「そして、それをわたしに話さなかったんだな」

「話せなかったから。あなたはいなかったでしょ」

「それにタクシーを拾うことも考えなかったのか？　知らないも同然の相手のベッドにもぐりこむ必要はないだろ」

「わたしがもぐりこんだのはスペアベッドよ。ヴィラには二度もタクシーで行ったわ。あなたはいなかった。ひと晩じゅうあなたが帰ってくるのを待って、タクシーで行ったり来たりしていればよかったの？　鍵のスペアはないの？」

彼はポケットを探って彼女にキーリングを渡した。「ジャッキーが今朝これを届けてくれた。これが玄関、そっちが裏口、それは二階のテラスのドアだ。わかった？」

「ありがとう」アガサはぎこちなくいった。「この熱気の中で一日じゅうここに立っているつもり？　それとも歩いていって、あの瓦礫の塊を眺める？」

二人はむっつりと黙りこくって斜面を登っていった。

とうとうアガサは叫んだ。「ちょっと休ませて」

アガサは日陰になった壁の上にすわった。ジェームズもかたわらにすわり、足下に視線を向けた。非難がましい空気がどんよりと重かった。アガサはハンドバッグからガイドブックをとりだすと、声に出して読みはじめた。

「この上の部分には急な小道が続いている（頑丈な靴をお勧めする）。小道は岩肌に沿って西に延び、大きな貯水池の前を通っているが、それは城の住人の何カ月分もの水をまかなうことができたにちがいない。てっぺんで右に曲がると、フランク人支配の時代に建築されたアーチがあり、上の城郭に入れる。入り口の北側には調理場があり、さらに上の西の奥には女王の居室になっていた細長い建物がある。上の階には女王が使っていた優雅な窓があり、建築当初からあった狭間飾りとベンチが残っている」

「彼と寝たのか？」ジェームズの声が旅行案内を断ち切るように響いた。

「馬鹿なこといわないで、ジェームズ。行きましょう」

「一人で行けばいい」ジェームズは不機嫌にいった。

アガサは立ち上がると登りはじめた。頭の中がぐちゃぐちゃだった。ジェームズは嫉妬しているようにふるまっている。だけど、どうして？　わたしにまだ興味があるみたいじゃない。でも、もしあるとしたら、それを表に見せないように演技しているんだわ。ああ、どうしてチャールズに抱かれてしまったのかしら？　熱い涙が目ににじんできた。アガサは恥ずかしさのあまり穴に入りたいような気分になった。

さらに上に行くと、アガサ以外には観光客の姿がなかった。下の駐車場に到着する人々の話し声は伝わってきたが、今、この区画は自分が独り占めしているようだった。

アガサは女王の部屋の窓辺に歩み寄り、外を眺めた。窓の外は急勾配の斜面になっていて、ごつごつした岩や割れた岩がころがり、ところどころにマツの木々と低木が生えていた。空気は甘くさわやかだった。大きな安らぎに包まれるのを感じた。この瞬間だけ、殺人事件のこともジェームズのこともチャールズのことも、混沌とした人生のよしなしごとをすべて忘れられた。

ハンドバッグを足下に置き、両手で窓の両側の石をつかんで立ちながら、ベレンガリア妃はここに立ち、この風景を眺めたのだろうかと思った。彼女もジェームズ一世を愛していたのだろうか、がっちりした中年のわたしがジェームズを愛するように。

そのとき、背後から何者かの強い怒りが向けられるのを感じた。誰かが入ってきたのだ。その誰かはたぶんジェームズだろうと、振り返るまでもなく思った。アガサは身を硬くし、窓の両側に両手を突っ張り、チャールズについてのさらなる尋問に備えた。

結果的に、その行動が彼女の命を救った。

アガサはその何者かに背中を乱暴に押され、あわや窓から飛びだし、下の岩場にたたきつけられそうになった。無我夢中で悲鳴をあげた。

「助けて！　人殺し！　助けて！」

その声は聖ヒラリオン城全体に反響し、丘の木々から鳥たちが一斉に飛び立った。

ジェームズは悲鳴を聞きつけると、階段を駆け上がって部屋に飛びこんできた。アガサはゆっくりと振り向いた。その顔は蒼白だった。

「あなたなの」アガサはいった。「あなただったの？」

「何があった？　なぜ悲鳴をあげたんだ？」

他の観光客たちも走ってきて、部屋は人でいっぱいになった。

「誰かに背中を押されたの」アガサはガタガタ震えながらいった。「わたしを崖から突き落として殺そうとしたのよ」

部屋は兵士、タクシー運転手、さらに観光客であふれた。

すると警官が観光ガイドを従えて群集の前に進みでた。アガサは自分の身に起きたことを繰り返し、ガイドがそれを通訳した。

「駐車場のカフェに、この警官といっしょに行ってください」ガイドがいった。「そこで待っていてください」

ジェームズはアガサの腕をとり階段をいっしょに下りていった。群集がさまざまな言葉でしゃべりながら、あとをぞろぞろついてきた。

カフェに落ち着くと、ジェームズはアガサのためにブランデーを注文してくれた。

「何があったのか、もう一度話して」彼はやさしくいった。

アガサはブランデーをひと口すすった。

「あそこに立って窓から外を見ていたの。両側に腕を伸ばしてつっかえ棒にしていなかったら、背中を押されて真っ逆さまに落ちて死んでいたわ。てっきりあなたが来たんだと思ったの、ジェームズ」

「どうしてわたしが？」

「まだわたしに腹を立てていると思ったから。背後から怒りを向けられるのを感じて、あなたにちがいないと思ったの。それで振り返らなかったのよ」アガサはジェームズを見つめてから、ふいに目を見開いた。「オリヴィアと他の人たちは？ここに来ているの？」

「見かけてないな。でもまさか連中が——」

「ニコシアの宝石店で、わたしたちのすぐ後ろにいたでしょ、聖ヒラリオン城に行く話をしていたときに。それにミルセスターにあの人たちの経歴について問い合わせるファックスをしてみようかとも、相談してたじゃない」

「わたしは一人も見かけていないし、彼らのうちの誰かだとしたら、途中の上り坂ですれちがったはずだよ」

「いつもどうしてわたしが狙われるの？」アガサは嘆いた。「どうしてあなたを狙う人はいないの？」

「わたしは事件に介入するにしても、あまり目立たないようにしているからだよ」

下の道路から聞こえてくるサイレンの音が大きくなり、さらに警察が到着したようだった。

まもなくパミールがいつものように暑さも感じないらしく、しゃれた服装で現れた。うんざりしながらアガサはまた同じ話を繰り返した。

しかし、前日のできごとについて訊かれたとき、アガサは聖ヒラリオン城に行くことを立ち聞きされたとは話したが、ミルセスターにファックスする相談をしていたことについては何もいわなかった。パミールはゆうべのことについて質問を始めた。アガサたちがいっしょに〈オットマン・ハウス〉で食事をしたとき、何か起きなかったか、と。

「ジェームズに訊いたほうがいいわ。わたしは途中で帰ったから」

「ああ、そうですね」パミールはメモを調べた。「あなたはヴィラに戻らず、サー・チャールズ・フレイスの〈ドーム・ホテル〉の部屋で発見されたという警察の報告がある」

「サー・チャールズは古い友人なんです」アガサはいった。「思いがけず、あそこで会って、一杯やろうと誘われたので飲みに行きました。彼と別れてヴィラに帰ると、ジェームズがまだ帰っていなかったんです。レストランにも戻りましたが、みんな帰ったあとでした。それから〈ドーム・ホテル〉に戻ってみましたが、そこにも誰もいなかった。チャールズが空いているベッドがあるというし、わたしはとても疲れていたので申し出を受けたんです」

パミールの何を考えているかわからない目が、ジェームズに向けられた。

「あなたは嫉妬しましたか？」

「何について？」ジェームズが鋭く問い返した。

「ミセス・レーズンのことでですよ。彼女の行動について。まずビジネスマンと食事をし、今度はあなたではない別のイギリス人の部屋に泊まった」

ますし」

「わたしには嫉妬する理由なんてありませんよ。アガサのとっぴな行動には慣れてい

「どうしてどこに行くか友人たちに何もいわずに、レストランを出ていったんですか？」パミールがメモをまた見ながら質問した。

「サー・チャールズが彼らに会いたくないといったし、お忘れかもしれませんけど、あの人たちはわたしの友人じゃありません。殺人事件が起きたせいでいっしょに行動していただけです」

「だがミスター・レイシーは彼らを気に入っていたようだ」

「この殺人事件が解決されるまでのことです」ジェームズがいった。「わたしも容疑者の一人だが、彼らといっしょに過ごして情報をつかめば、自分の容疑を晴らせるんじゃないかと思ったんですよ」

「ああ、イギリス人の素人探偵ですね。このミセス・レーズンと同じように。しかしミセス・レーズンはサー・チャールズのほうにもっと興味があったようだ」

「まるで大淫婦バビロンだといわんばかりの口ぶりはやめてちょうだい」アガサは顔を真っ赤にして怒鳴った。「チャールズは古い友人なのよ。偶然会ってびっくりしたわ。本当のことをいうと、わたしはデブナム夫妻が好きじゃないから、そのチャンス

に乗じて逃げだしたのよ。あなたが何を訊きたいかわかってるけど、答えはノーよ。ジェームズにどこに行くかはいわなかった。彼はわたしの夫じゃありませんから！」

「しかし、もう少しでそうなるところだった」パミールはつぶやいた。「けっこう、あなたたちが警察署を出てからのことをすべて話してください」

アガサは訴えるようにジェームズを見た。もうこのぐらいで勘弁してもらいたかった。アガサはあわや殺されかけたのだ。しかしジェームズは無表情な顔をして、警部がアガサに執拗に質問するのを黙認していた。

そこで二人とも改めて話を繰り返した。ジェームズはアガサがいなくなったあと、食事を終えてバーに一杯やりに行ったが、トレヴァーが悲しんでいるのに配慮して、殺人事件については話題にしなかったと語った。

ようやく二人は解放された。アガサはよろよろと立ち上がった。ジェームズは片手で彼女の腕を支えながら車まで連れていった。

「まだピクニックをしていないけど、ヴィラに戻って休みたいかい？」

「ピクニックのことは忘れて、ジェームズ。今はただ眠りたいわ」

だがヴィラに続く細い道に曲がったとたん、ジェームズはいきなりブレーキを踏みこみ、バックで幹線道路に戻るとスピードを上げた。「マスコミだ」彼は苦々しげにいった。「イギリスのマスコミが来ているよ。連中の相手はごめんこうむりたい」

「わたしも。どこかピクニックにぴったりの涼しい場所を見つけましょう。外でお昼寝してもいいわ」

ジェームズはバックミラーをのぞいた。「連中が追ってきている」

「どうしたらいいの？」

「まこう」

ジェームズは幹線道路からはずれると山に向かって走りだした。カーブを回りこんだところで野原のほうに急ハンドルを切り、木立の陰でエンジンを切った。道路のほうからマスコミ連中の車が猛スピードで走り去っていくのが聞こえた。ジェームズはバックで海岸沿いの道に戻った。車はキレニアを通過し、さらに別の海岸沿いの道に入った。

「たいした海岸じゃないな」ジェームズはようやく車を停めた。「でも、少なくとも誰もいないようだ」

彼は水際の平らな岩の上にピクニックランチを広げた。パン、黒オリーブ、チーズ、コールドチキン、ワイン。

アガサは食べ物なんて喉を通らないと思っていたが、チキンをひと口食べたとき、とてもおなかがすいていたことに気づいた。

食事を終えると横になって目を閉じた。「チャールズとは寝なかったわ。本当よ」アガサは心の中で、チャールズとしたことは寝たとは絶対にいえないわ、といいわけした。

「わかってるよ」ジェームズは静かにいった。

でも、もう二度とチャールズには会わないわ、とアガサは考えながら眠りに落ちていった。

ジェームズはしばらくアガサを眺めていたが、車に戻ると麦わら帽子をとってきて、それを彼女の眠っている顔にそっとかぶせてやった。

二人がヴィラに戻ったとき、マスコミはもういなくなっていた。

「今頃イギリスでニュースになっているだろうね」ジェームズはいった。「殺人事件についてテレビで何かやっているかな」

たいてい地元テレビ局はひどい訛りの英語で長々としゃべり、映像はほとんど流さなかった。しかし驚いたことに、今回は映像があった――〈ドーム・ホテル〉でのマスコミ会見だ。テーブルを前にしてオリヴィア、ジョージ、ハリー、アンガス、トレヴァーが並んでいた。

いつもは無口なのに、トレヴァーは北キプロスの人々に向かって、かけがえのない妻ローズを殺した犯人を警察が発見するために手を貸してほしいと、心を揺さぶる感動的な訴えをした。それから声をあげてすすり泣いた。

次にオリヴィアが登場した。シンプルな黒いドレスにパールという服装で、かつてダイアナ妃がＢＢＣの〈パノラマ〉でインタビューに応じたときのように、巧みにこしらえた悲しみの仮面をつけているみたいに見えた。強烈な嫉妬を覚えながら、アガサはその青白いメイク、念入りに整えたふわっとしたヘアスタイル、目元のシャドーを鋭い目で値踏みした。

オリヴィアはいつもよりも低いかすれた声で、ローズとは知り合ったばかりだが、とてもいい友人同士だったと語った。

「彼女は生気にあふれていました。そんな命が失われたのは悲劇です」

次はアンガスだったが、ひどいスコットランド訛りでしゃべったので、ほとんど理解できなかった。彼はローズを「ちっこいおにんぎょみてえだった」といった。

「車酔い用の袋をちょうだい」アガサが嫌味をいった。

「しいっ」ジェームズがしかってボリュームを上げた。次はジョージで、全員がローズが亡くなったことを悼んでいると、ぶっきらぼうな声で恥ずかしそうにいった。ハリー・テンプルトンだけが何もしゃべらなかった。

「では、次は天気予報です」ニュースキャスターがいった。

「あの会見はいつ撮ったんだろう」ジェームズがいいだした。「つまり、全員がマスコミ会見に出席していたなら、きみを窓から突き落とすために聖ヒラリオン城にいたはずがないからね。ちょっと調べに行こう」

「こういう会見をするって、わたしたちに教えてくれればよかったのに」アガサは文句をいった。

「われわれは今日彼らと会っていなかったんだから、それは無理な相談だよ。さあ、行こう」

〈ドーム・ホテル〉に着くと、支配人が近づいてきた。

「ファックスが届いています、ミセス・レーズン」

「これで、彼らのことがすっかりわかるわ」アガサは興奮した。

しかしビル・ウォンからのファックスには、ただこう書かれていた。「自宅に電話ください」

「なによ、これ」アガサはいった。

「彼のいわんとすることはわかるよ」ジェームズはいった。「とりあえず、ここは引きあげよう。家に帰って電話したほうがいい」彼は支配人に向かっていった。「いつマスコミ会見が開かれたんですか？——殺人事件について」

「午後四時半です」つまり、誰にでも犯行は可能だったということだ。聖ヒラリオン城でアガサが襲われたのは一時頃だった。

「ここから電話できないの？」アガサはジェームズにたずねた。

「できるが、すごく高くつくよ」

二人はヴィラに戻った。「まだ向こうは時刻が早いな」ジェームズは受話器をとってからいった。「時差が二時間あるから。番号は？」

アガサはバッグから小さな革製手帳をとりだし、ジェームズから受話器をとりあげた。「彼はわたしの友人よ。わたしが電話するわ」

ミセス・ウォンが電話に出た。「ビルはちょうどお茶を飲みに寄ったところよ。またあとで電話してちょうだい」

「わたしはキプロスから電話しているんです」アガサは怒鳴った。

幸い、向こう側の受話器がミセス・ウォンの手からとりあげられ、ビルの声が聞こえてきた。

「あなたはどうしても殺人事件と縁が切れないみたいですね」ビルは陽気にいった。

「ああ、ビル」アガサはほっとしていった。「連中について何かわかった?」

「こんなことはしちゃいけないんですけど、情報の出所は誰にも教えないでください よ。実はこういう事情なんです」

アガサが話を聞きながらメモをとっているあいだ、ジェームズはいらいらと歩き回っていた。

「ああ、本当にありがとう。おかげで考える手がかりができたわ。ええ、トラブルには巻きこまれない。ええ、ジェームズは見つけたわ。ここにいるわよ。え? いえいえ、そうじゃないの」

ジェームズはその「いえいえ、そうじゃないの」という否定は、どういう質問への答えなのだろうと首をかしげた。

アガサはようやく電話を切り、ジェームズを勝ち誇ったように見た。そして教えてもらったことを語りはじめた。トレヴァーの配管業は失敗して、破産管財人がもうすぐ呼ばれるはずだ。アンガスはとても裕福で、かつてはグラスゴーでチェーン店を経営していたが、もう引退している。ジョージ・デブナムも財政的トラブルを抱えている。株取引に無謀な投資をしたせいだ。友人のハリーは悠々自適の農場主で、借金はない。ローズ・ウィルコックス自身はこれまでの三度の結婚の結果、かなりお金を持っている。最後の相手のおかげで、彼女はトレヴァーと結婚する前に非常に裕福な未亡人になった。

「となると、トレヴァーはローズが死んだら、彼女の遺産を相続するわけよ」アガサは目を輝かせた。「それに、そんなにお金があるのに、どうして夫のビジネスに投資しようとしなかったのかしら？」

「いちばん簡単なのはトレヴァーに訊くことだが、他の人のいないところで話を聞きたいな。ともあれ明日にしよう、アガサ。朝早く出かけていって、いっしょにドライブしないかと誘おう。すべて明日だ」

しかしアガサは気短だった。「ビルは事情を知っていたのかもしれない。でも、いい忘れたのかも」

しかしビルの自宅にまた電話をかけると、ミセス・ウォンが出てきて、とげとげしく、息子は新しいガールフレンドに会いに行ったと告げた。

「とっても感じのいい若い女性なんです」

というわけで、打つ手はなくなった。ジェームズは疲れたし空腹だし何か食事を作ろうといった。

アガサはぼんやりと宙を見つめてすわっていた。こんなふうになるとは想像もしていなかった。夢は粉々になってしまった。地中海を眺めながらのロマンチックなうっとりするようなキスはもうありえない——ただしチャールズとは別だ。チャールズとのできごとを思いだすたびに、頬がほてり、居心地が悪くなった。ある男性に恋をしているのに、どうして別の男性とベッドをともにしてしまったのだろう？　なぜなら、と頭の中の不快な声がいった。あんたは本当にジェームズを愛しているわけじゃない、想像の中のジェームズに恋しているだけだからだ。この想像の、あるいは夢の中のジェームズはいつもすてきなことをしてくれたり、いってくれたりした。かたや現実のジェームズは相変わらず冷たくよそよそしかった。アガサは苦しげな小さなため息をもらした。ジェームズに対する執着が日ごとに薄れていくような気がした。

ディナーをとりながらジェームズがいきなりいいだした。

「わたしをだましたことで、ムスタファに思い知らせてやりたいんだ。絶対に彼はドラッグに手を出しているよ。売春宿を経営しているからって、ああいうごろつきどもを身近に置いておく必要はないからな」

「危険かもしれないわ」アガサはいった。

「殺人事件を調べ回るのだってそうだろう。でも、きみはまだあきらめていない」

「たしかに、そうね。じゃあ、あなたを手伝うわ」

「いや、それはけっこう」ジェームズはきっぱりといった。「ムスタファの件はわたし一人でやるよ」

5

朝になってアガサが一階に下りていくと、キッチンのテーブルにジェームズのメモが残されていた。そこには短くこう書かれていた。「個人的な用で出かけてくる。昼頃には戻る」

アガサは舌打ちしながらメモを丸めてくずかごに捨てた。わたしたちはもうチームじゃないんだわ、と苦々しく思った。コーヒーを淹れてキッチンのテーブルの前にすわると、どんよりした気分でジェームズの冷たさ、つっけんどんな態度、愛情のなさをひとつひとつ頭の中で思い返してみた。その結果、自分は彼のことをもう何とも思っていないという結論に至った。

そこでキレニアに行き、一人で少し調べてみることにした。空は生気のない白っぽい灰色で、霧がかかって山のてっぺんは見えなかった。とても暑く湿度が高かった。

アガサは横町に車を停めると、〈ドーム・ホテル〉まで歩いていった。甲高い声でしゃべるイギリス人観光客たちがホテルを出たり入ったりしている。北キプロスは「地中海沿岸における最後の上流の社交場」という評判に恥ずかしくないようにがんばっているようだった。

オリヴィアたちは部屋にいなかった。アガサはダイニングルームに行った。数人が遅い朝食をとっていたが、彼らの姿はなかった。しかし窓辺にチャールズがすわっていて、ほっそりした指でコーヒーカップを持ち、海をぼんやりと眺めていた。

アガサはためらったが小さく肩をすくめ、彼のテーブルに近づいていった。チャールズは顔を上げた。

「おはよう、アギー。あなたの番犬はどこかな？」

「ジェームズのことなら、どこかに一人で出かけたわ。デブナム夫妻か妻に先立たれた夫を見かけた？」

「すれちがいだったね。朝食をとってから、ベラパイスに行くとかいっていた」

「それ、何なの？」

「ロレンス・ダレルの本『にがいレモン　キプロス島滞在記』で不朽の名声を与えられた場所だよ。ゴシック様式の修道院があるんだ。そこまで乗せていってあげるよ。他にやることもないから。実をいうと、少し退屈しているんだ。イギリスに帰ろうかと思っていたところだ」

アガサは彼と向かい合ってすわった。「どうしてわたしと寝たの？」

「あなたはずいぶん古めかしい言葉遣いをするんだな。つまり、どうしてあなたとセックスしたかってことだね？　ブランデーと地中海の月明かりのせいにしておけばいい」

アガサは興味深げに彼を眺めた。「じゃあ、あの記憶を恥じていないのね？」

チャールズは驚いてアガサを見た。「いや全然、アギー。わたしのほうは心ゆくまで楽しんだよ。コーヒーを飲む？　それとも出発しようか？」

「出かけたほうがよさそうね」アガサは少し不機嫌になっていった。紳士ならわたしに対してなんらかの愛情があるといってくれてもよさそうなものなのに。

チャールズのレンタカーに乗ると、アガサはガイドブックをとりだしてベラパイス修道院を調べた。「なんて書いてある？」チャールズがたずねた。

「ベラパイス修道院は一二〇〇年頃に、サラセン人に追われてエルサレムの復古の教会を出なくてはならなかったアウグストゥス派の修道士のために、エメリー・ド・リュジニャン国王によって建設された。修道院はその衣服から白い修道院と呼ばれることもある。ユーグ国王（在位一二六七年～一二八四年）は修道院のおもな後援者だった。そのため修道院は大きくなり重要度を増し、ニコシアの大司教が権力をふるうのがむずかしくなったほどだった。ただし一三七二年のジェノヴァの侵攻までだ。その年、宝物《ほうもつ》が略奪され、修道院は二度とかつての栄光をとり戻すことができなかった。ヴェネチアの支配のもとで修道院はさらに衰退し、道徳観も揺らいだ。十六世紀には、多くの修道僧が妻帯していたと記録されている。ときには一人以上の妻を持ち……」

「もうけっこう」チャールズがさえぎった。「残りは向こうに着いてから、自分の目で見るよ」

「聖ヒラリオン城でわたしに何があったか聞いた？」アガサはたずねた。

「窓から誰かに突き落とされそうになったんだろう？　たぶん怒った観光客だよ、アギー。そのときガイドブックを朗読していたんじゃない？」

「いいえ」アガサはむっとして否定した。「わたしは死の危険に瀕したのよ」

「ここはますます観光客を食い物にしているようだ」チャールズはベラパイスの村に入ると、そういった。「ほら、休暇のヴィラだらけだ。修道院はどこだ？　どこかで曲がる場所をまちがえたのかもしれない」

アガサはまたガイドブックを開いた。「右手に曲がる道を進むと廃墟に出ると書いてあるわ。ギルネの東郊外の海岸道路にドガンコイとベイレルベイを示す標識が出ているんですって。ギルネっていうのはキレニアのトルコ名よ」

「知ってるよ、かわいい人。もう講義はたくさんだ。自分で見つけるよ」

まもなく修道院に到着し、観光バスの影の中に駐車した。

二人は南東の入り口から、要塞になったアーチをくぐった。

「彼らの車を探すのを忘れていたわ」

「誰の？」

「デブナム夫妻、二人の友人たちとトレヴァー。だからここに来たんでしょ」

「ふうん、わたしは回廊が観たいな」チャールズは先に立って歩いていった。ブレザーと白いソックス、白いパナマ帽、白いシャツにストライプのネクタイという、いかにもイギリス人らしい格好だった。

アガサはのろのろとついていった。ペットの犬みたいに、彼のあとを走って追いかけたくなかったのだ。

繊細なアーチ形の回廊が中庭をとり囲んでいた。熱気の中で虫がブンブンいっている。霧は晴れ、金色の日差しがすべてを染めあげていた。チャールズはどこに行ったのかしらとぼんやり考えながら、アガサは人間や動物の頭やバラやリュジニャン家の紋章が彫刻されたアーチ形の天井の石材を眺めた。そのとき背後で荒々しい声が聞こえた。「あんたか、またあちこち嗅ぎ回って」

アガサは息を呑んで振り向いた。トレヴァーが立っていた。両手を拳に固め、不健康なピンク色の顔に威嚇するような表情を浮かべている。

「おい」彼は顔をぐっと近づけてきた。「亡くなったのはおれの女房なんだぞ、わかってるのか？　だから、あんたみたいな素人のお節介屋に首を突っ込んで警察の邪魔をしてもらいたくないんだ」

アガサは一歩あとじさった。「ねえ、聞いて、トレヴァー」怒りをなだめようとして穏やかな声で話しかけた。「あなたは悲嘆に暮れていて動揺しているのよ。だけど、あらゆる助力が必要だわ。わたしには多少の経験があるし――」

トレヴァーはアガサの肩をつかんで揺すぶった。「うせろ」彼はすごんだ。「さもないとひどい目にあわせるぞ」

「彼女から手を放せ！」

チャールズの冷静な声がした。

トレヴァーはアガサから手を放すと、背中を向け、こそこそと退散した。

「大丈夫かい？」チャールズがたずねた。

「ちょっと怖かったわ。殴られるかと思った。脅されたの」

「脅した？　なぜ？」

「調査をやめなければ、ひどい目にあわせるぞって」

「彼は酔っ払っていた？」

「わからない」アガサはみじめにいった。「ジェームズがいてくれればよかったのに」

「だけど、彼はいない。今、どこにいるんだ？」

「昔いろいろとコーディネイトしてくれていたムスタファに腹を立てているの。家を借りる件で、ジェームズをだましたのよ。ムスタファは売春宿を経営しているけど、ジェームズは彼がドラッグにも手を出していると考えているみたい」

「いっておくけど、ここはイギリスじゃないんだよ。あの馬鹿な男はそんなことに首を突っ込まないほうがいい。さもないとキレニア湾に死体が浮かぶことになるかもしれない」

「あら、ジェームズは自分の面倒ぐらい見られるわよ。ローズを殺したのはトレヴァーかもしれないわ。彼女のお金めあてでね」

「え、どういうこと？」

アガサはためらった。彼女が握っている情報はジェームズと二人だけで共有するべきものだった。すべての秘密をチャールズにしゃべったと知ったら、ジェームズは激怒するだろう。しかしアガサはトレヴァーに脅され震えあがっていたし、ジェームズはここにいない。今そばにいるのは冷静に話を聞きたがっているチャールズだけだ。そこでトレヴァーの経済的な苦境について話し、金持ちだったローズはどうして夫の会社に出資して助けてやらなかったのだろうといった。

「トレヴァーと他の連中を見つけて、どうしてあなたを脅したのか、みんなの前でトレヴァーを追及するべきだと思うな」チャールズがいった。「彼の経済的苦境については知らないふりをしよう。自分のことでイギリスの警察に連絡をとったと知ったら、あいつは手がつけられないほど怒るだろうからね」

二人は修道院を歩き回った。たくさんの観光客たち――イギリス、ドイツ、イスラエルからの――に交じって食堂、地下室、参事会集会所、寝室などを見学した。しかしトレヴァーの姿はどこにもなかった。

「他の連中といっしょなら、村のバーにいるかもしれないな」チャールズがいった。

「そっちを当たってみよう」

二人はベラパイスの村に車で戻り、〈怠惰の木〉というレストランの隣の駐車場に車を停めた。それから狭い通りを歩いているうちに、一軒のカフェの外で、アトランティック・レンタカーのステッカーをリアウィンドウに貼った二台の車をアガサが見つけた。彼女はカフェのガラス越しにのぞきこんだ。「みんなそろっているわ。あの人たちに何かいう前に、戻ってジェームズを見つけてきたほうがいいかもしれない」

「彼はあなたの夫でも父親でも番人でもないんだよ」チャールズはアガサの背中を軽く押した。「さあ入って」

ピンク色に日焼けした不機嫌な顔をしたトレヴァーはビールを飲んでいた。オリヴィアとジョージ・デブナム、アンガスとハリーはコーヒーを飲みペストリーを食べているところだった。

アガサはチャールズを紹介した。オリヴィアは満面に笑みを浮かべた。

「お会いできてうれしいわ」彼女は調子よくいった。「わたしたちはお隣同士も同然ですものね」

チャールズはパナマ帽を脱ぐと、アガサのためにテーブルの椅子を引いてやってから自分も腰をおろした。彼は愛想よくトレヴァーに笑いかけた。

「どうしてアギーをひどい目にあわせると脅したんですか？」チャールズはいきなり質問した。

オリヴィアはウサギのような口をポカンと開けて、チャールズをまじまじと見つめた。

「アギーって誰だ？」トレヴァーがぶしつけにたずねた。

「ミセス・レーズン、アガサです。彼女が奥さんの殺人事件に首を突っ込んでいるとお考えのようですね。回廊で見かけたとき、あなたはアギーを揺すぶって脅しつけていた」

全員の目がトレヴァーに向けられた。

「何をいってるのかわからないな」トレヴァーはもごもごいった。「ちょっと飲んでたし、すっかり絶望してたから。すまない」

「実に無礼なふるまいでした」チャールズが厳しく非難した。「アギーが警察を呼んだらどうしたんですか？　当然彼女にはその権利があると思うが。あなたはニコシアの留置場に入れられたでしょう。あんな真似をしたのはそれだけの——悲しみと酒だけのせいなんですか？　アギーが犯人を見つけることを怖れていたんじゃないでしょうね？」

トレヴァーはさっと立ち上がった。椅子がガタンと音を立てて後ろに倒れた。

「おれのことは放っておいてくれ」彼は叫んだ。すたすたとドアに向かったが、立ち止まると振り向いて少し冷静な声でいった。「車の中で待っている。この件にはもううんざりだ」

オリヴィアはチャールズの腕に片手をかけた。「かわいそうなトレヴァーを許してあげてくださいね。彼のためにできるだけのことをしているんですけど、ローズの死を身も世もなく嘆き悲しんでいて、少し精神的に不安定になっているんじゃないかと思います」

「だけど、どうしてわたしが殺人事件を調べているって考えているのかしら？」アガサがたずねた。「調べてなんかいないのに」嘘をついた。

「ああ、最初に会ったとき、これまでに殺人事件を調べたことを話してくれただろ」ジョージがいった。「そうだよね、ハリー？」

ハリーはうなずき、アンガスはいつもの訛りの強い話し方でいった。「うん、おれたちゃ、このあいだしゃべっていたんだが、このオリヴィアがトレヴァーにこういったんだ。『ミス・マープルが警察の捜査を邪魔しないといいわね。警察の捜査をまるっきり見当はずれのほうに向かわせかねないわよ。だって、あの人は素人ですもの』ってさ」

「それはどうもありがとう、オリヴィア」アガサは嫌味たっぷりにいった。「それでトレヴァーがああいう態度をとったわけね」

「わたしだけがいけないいんじゃないわ」オリヴィアは弁解した。「あなただっていってたじゃないの、アンガス。警察は誰かを、誰でもいいから見つけたがっている。そいつに罪をきせれば、マスコミもおとなしくさせられる。だからアガサのまぬけな提案でもありがたく受け入れるだろうよって。それにハリー、あなたは素人探偵が役に立つのは小説の中だけだっていったでしょ。現実の世界じゃ警察が事件を解決してくれるのを待って、その手柄は実は自分のものだと主張しているだけだって」彼女は夫を見た。「それにダーリン、アガサにおとなしくしてろといってやったほうがいい、とトレヴァーに意見したのはあなたよね」

「わたしは探偵仕事が本当に得意なのよ」アガサは憤慨していった。「信じないなら、ミルセスター警察に訊いてみればいいわ。あるいはジェームズに訊いてみて!」

オリヴィアは耳障りな笑い声をあげた。「覚えているでしょ、あなたがドジを踏んでばかりいるっていったのは、あなたのジェームズよ」

「いちおう教えておきますが」とチャールズが口をはさんだ。「アギーは何も調べてませんよ。だいたい、どうして調べなくちゃならないんです? あんたたちときたら、実に不愉快でうんざりする連中だな。行こう、アギー」

カフェの外に出ると、アガサは駐車場まで怒って歩いていった。それからチャールズにくるっと向き直った。「どうしてあんなことをいったの? よくもあの人たちをあんなふうに侮辱できたわね？」

「おいおい、アギー。向こうがあなたを侮辱したんだよ」

「だとしても、わからない？　あの人たちを敵に回したくないのよ！　親しくなる必要があるの。犯行の動機が何かを探りたいのよ」

「どうして関わるんだ？　誰がローズを殺したかを本気で気にしているのかい？」

「ええ、そうですとも！」アガサは力をこめた。「人の命を奪ったのが誰かってことはとても重要よ。そのまま知らん顔をするわけにはいかないわ」

「お好きなように。だけど、あの連中と関わって屈辱を味わいたいなら、一人でやってほしいな。わたしはランチが食べたい。キレニアに戻ってどこか探そう」

「わたしはジェームズのところに戻るわ。ランチタイムまでに戻らないと。というか、彼がランチタイムまでに戻るっていってたから」

「そんなことをするのはむだだよ、アギー」チャールズはいった。「あなたが現れなくてもジェームズは気にしないよ」

「わたしはどうしてもローズを殺した犯人を見つけたいのよ」アガサは叫んだ。

「ともかく、車に乗って」

アガサは助手席に一歩近づいた。そのとたん岩が彼女の頭をかすめて、車のリヤウィンドウにぶつかった。ガラスの真ん中に大きなぎざぎざの穴があき、ガラス全体にクモの巣のようなひびが走った。

車のドアのロックを開けていたチャールズは真っ青になり、アガサを見つめた。それから彼は駐車場の入り口に走っていき、あわてて左右を見た。観光客のグループがカメラを手に狭い通りを行ったり来たりしている。アガサは彼の隣に立った。

「引き返して、あの人たちがカフェを出たかどうか見に行きましょう」

カフェでは〝ご友人たち〟は数分前に帰り、車に乗って走り去ったといわれた。

「子どものしわざだったのかもしれない」店を出るとチャールズはいった。「だけど警察に届けて、次の飛行機でイギリスに帰ったほうがいいよ」

「忘れてるわ。わたしも容疑者の一人なのよ。島を出るなといわれているの」

「でも、ともかくわたしはこれを報告して、別の車を借りなくちゃならない」

二人は〈怠惰の木〉に入っていき、チャールズは店長に警察に電話してほしいと頼んだ。警察からは数人の刑事がやって来て、〈怠惰の木〉の外の道路は青い緊急灯を点滅させている警察車両でふさがれた。

チャールズの供述内容は、正式に記録された。二人にはあとでまた連絡するといって、警察は観光客と地元の人間に何か目撃していないか聞きこみをするために、店の外に出ていった。そうしたあれこれにかなり時間がかかった。ようやくキレニアに戻ってきてチャールズが別の車を借りたとき、アガサは自分がひどく動揺し、しかも空腹だということに気づいた。二人はケバブの味とサービスが遅いことで有名な〈ニアゼ〉というレストランに行き、ゆっくりと食事をとった。アガサはあの岩はわざと自分に投げつけられたのか、イギリス人容疑者のうちの誰かのしわざなのか、と何度も何度も繰り返した。

チャールズは勘定書が来るなりトイレに立った。アガサは彼が戻ってきて支払うのを待とうかと迷ったが、トイレに急に立ったのは彼女に払わせるつもりなのだと推測した。案の定テーブルに戻ってくると、チャールズは「ランチへの招待」に対しててていねいにお礼をいった。そして〈ドーム・ホテル〉に着くと、また会おうといって立ち去った。

アガサはヴィラに近づくにつれ、不倫をした妻のようなうしろめたい気持ちになった――そんなふうに思うなんて馬鹿げているわ、と心の中で自分をしかりつけたが。

ヴィラの外にはジェームズの車ばかりか、パミールが使っている車高の低い黒い大きな公用車が停まっていることに気づき、アガサの心は沈んだ。

アガサはふいに疲れを覚え、気持ちがざわついた。脚が震えてきて、目にうっすらと涙がにじんだ。朝から耐えられないほどつらいことの連続だったのだ。

ジェームズとパミールはキッチンにいた。

「いったいどこに行ってたんだ?」ジェームズが詰問した。

「すわってください、ミセス・レーズン」パミールがいった。「大変な朝でしたね。子どものしわざだったのかもしれません。最近の地元の子どもたちは、甘やかされて好き放題をしていますから。イギリスと同じように。ビデオとパソコンを与えられ、しつけはゼロ。ミセス・レーズンはお茶がほしいんじゃないかな?」

ジェームズはぶつぶついいながら立ち上がって、やかんを火にかけた。

「さて、ミセス・レーズン」パミールがふだんよりも穏やかな声でいった。「できたら最初から話していただけると……」

「その言葉をもう一度聞いたら、泣きだしてしまいそうな気がするわ」アガサはいった。

それでもパミールにすべてを話した。トレヴァーの脅しについて。どうやらアガサが首を突っ込むとまちがった容疑者が逮捕されるのではないかと、他の連中が彼を不安にさせたせいらしい。さらに岩が投げつけられたこと。

ジェームズは彼女の前にお茶を置き、また腰をおろした。

「そして、このすべてにサー・チャールズはどう関わっているんですか？」パミールはたずねた。「殺人事件が起きたときに彼は島にいた。何をしていたのかたずねたほうがよさそうだ」

「ああ、いい加減にして」アガサは語気を荒らげた。「彼はこうしたことに一切関わりがないわ。あの人たちとはまったく面識がなかったんです」

「それでも……」

「あるいは駐車場の中にいながら、同時に外からわたしに岩を投げつける魔法を使ったというのでもなければね」

「加えて」とジェームズがからかった。「彼は準男爵だ。だから何も悪いことをするはずがない。そうだろう、きみ？」

パミールの黒い無表情な目が、怒りを浮かべたふたつの顔のあいだを移動した。

「なるほど、嫉妬ですね」パミールはいった。「あなたは何をしていたんですか、ミスター・ジェームズ？　こうしたことが起きていたときに？」

「ニコシアにいました」ジェームズはそっけなくいった。

「何をしに？」

ジェームズはアガサに警告の視線をちらっと向けた。「買い物です」

「どこで？　どの店ですか？」

「暖かい服がなかったので、セーターを二枚買いました。寒い季節になっても、おそらくここにいるでしょうから」

「見せてください」

ジェームズはキッチンカウンターに行き、ビニール袋を持って戻ってきた。「そこに二枚のセーターが入っているし、レシートには今日買ったことが記されてありますよ」

「買い物だけしかしなかったんですか？」

「キレニア門の近くのメヴレヴィ・テッケ博物館に行き、見学してからここに戻ってきました。あなたの来る二時間前に帰っていました」

パミールはアガサのほうに向き直って質問し、彼女の話を確認しながらメモをとった。それからようやく立ち上がった。

「用心するようにご忠告しておきますよ、ミセス・レーズン。この殺人事件が解決するまでは、他の容疑者に近づかないほうがいいでしょう」

「わたしが容疑者のわけないでしょ」アガサはいった。「誰かがわたしを殺そうとしたのよ」

「ああ、わたしが疑い深い人間なら、その証拠はない、あなたがそう証言しているだけだ、というでしょうね。幸いわたしは疑い深くありませんが」

「だけど岩が！」

「申し上げたように、あれは子どものしわざの可能性がある。じきにご報告しますよ」

ジェームズはパミールを見送りにいった。彼がキッチンに戻ってくると、アガサはいった。

「あなたが準男爵について嫌味をいいはじめる前にいっておくわ。パミールにいったように、あの五人を探しに行ったらベラパイスに行ったって聞いたの。チャールズがそこまで送ってくれるというので車に乗せてもらっただけよ。くたくただわ。もうすべてを忘れたい。たぶん、あなたが一人で調べたほうがいいかもしれない。チャールズがわたしのチャンスをだめにしちゃったから」

「どういうことだ？」

「わたしは何も調べてなんかいないって、チャールズが断言したの。ついでに、あんたたちは不愉快でうんざりするって、あの連中にいっちゃったのよ」

ジェームズは初めてにっこりした。「たしかにそうだからね。そんなことであきらめるきみじゃないだろう。なぜかデブナム夫妻はトレヴァーやアンガスと友だちづきあいをしている。ふつうの状況なら、相手が来るのを見たら道を渡って避けるだろうに。きみはただ姿を見せて、にっこりして、チャールズの暴言を謝ればいい。そうしたらまた連中はきみを熱烈に歓迎するよ。それにしても、どうしてもっと早く帰ってこなかったんだ？」

「恐怖で震えが止まらなかったし、おなかがすいていたから、チャールズに誘われてランチをとっていたのよ。もっとも彼ったら請求書が来たらトイレに逃げていって、わたしに払わせたけど。まったくケチな人ね」

ジェームズはまたにっこりした。「今後は彼と距離を置いたほうがいいよ」

「ニコシアで本当は何をしていたの？」

「それはわたしの問題だ。きみを巻きこみたくないんだ」

「今日は『首を突っ込むな』といわれてばかりいる気がするわ。お風呂に入ってくる」

「水が出てるよ。お風呂に入ったらひと休みするといい。それから他の容疑者たちと仲直りしに行こう」

「ローズの遺産を相続すること——というか、たぶん相続することを知ってるって、トレヴァーを追及するの？」

「いや、まだだ。連中に避けられては元も子もないからね。話をあわせておいて、うまく聞きだそう」


アガサは浴槽に体を伸ばし、ルーバー窓を見上げた。ルーバーの隙間から地中海の轟きが聞こえてくる。その日のできごとを思い返しても、現実ではないように思えた。まるで映画で観た映像のように感じられた。

ふいにホームシックに襲われた。カースリーだったら友人たちに助けてもらえただろう。ミセス・ブロクスビー、ビル・ウォン、それにカースリー婦人会のメンバーたち。木々はそろそろ赤と金色に紅葉しはじめ、村の周囲の道には、猟がまだ解禁になっていないことをよく知っているらしいキジがうろうろしているだろう。アガサは猫たちが恋しかった。ドリス・シンプソンが二匹の面倒をちゃんと見てくれていることを祈った。

なによりもアガサはジェームズから離れたかった。セラピストならこういうだろう。

「どうして、自分の心に見返りもない相手をいつまでも住まわせているんですか？」

答えは単純だった。ジェームズがまだ好きだからだ。つかのまチャールズのことを考え、それから彼のことを心から締めだした。

深いバスタブから出ると、体をふいた。寝室で部屋のラジオをつけた。ラジオは音楽を流している地元の英語放送局にあわせてあった。やがて、やけに明るい女性のDJが鼻にかかったエセックス訛りでしゃべり、音楽にあわせて一本調子に歌った。レコードはほとんどがラップだった。しかしアガサがスイッチを切ろうと手を伸ばしたとき、音楽が消えて北キプロス・ナショナル・トラストのメンバーが発表された。アガサは夜のために華やかな衣装を選ぶあいだ、それを聴いていることにした。ぴったりした黒のドレスをとりあげ、体にあてがってみた。黒はとても老けて見えることがある。ラジオから明瞭に聞こえてくる英語の声が、ヘビについてしゃべっていた。毒ヘビは山にいて、無害なヘビは海辺にいると説明している。「しかし」とその声は続けた。「先日、わたしはキレニアのキッチンの流しの中で、無害なヘビを見つけたんです。そこで、そのまま放っておくことにして、しばらくして行ってみるとヘビは口にネズミをくわえて現れ、いかに役に立つ生き物かということを示してくれました」

お嬢さん、わたしはあなたのキッチンでお茶さえ飲みたくないわ、とアガサはぞっとしながら思った。

黒のドレスを着てみた。体にぴったりしたシンプルなシースドレスで、丈が短いので脚がかなり強調された。ゴールドのアクセサリーをつければ明るい感じになるかしら？　アガサはすわって〝恐怖の〟鏡でていねいにメイクをした。あらゆる毛穴が見える拡大鏡だ。それからバスルームを通過してジェームズの部屋に入っていって、全身鏡の前に立った。そこに映ったアガサのメイクは分厚いベージュの仮面のようで、ドレスはまるっきり似合っていなかった。アガサはバスルームに戻り、メイクをこすり落とした。また一からやり直しだ。

ジェームズが階段の下から「アガサ、もう用意はできたかい？」と叫んだとき、ようやくアガサは何を着ていくか決心がついたところだった。白のサテンのブラウスに黒いプリーツスカート、ハイヒールをはいて、控えめにメイクした。それからゴールドのチェーンをつけた。わくわくする装いではなかったが、ぎりぎりでとっさに考えついた服だった。

「別々の車で行ったほうがいいと思うわ」いらいらして待っていたジェームズのところに下りていくと、アガサはいった。

「どうして？」

「何かの理由で二手に分かれる必要が生じるかもしれないでしょ」

「つまり、きみがチャールズとどこかに行く場合ってことかな」

「馬鹿なこといわないで」

「これはいくつかのできごとに基づいた現実的な意見だよ、アガサ」

アガサは顔が赤らむのを感じた。しかし彼女はこういった。「わたしはチャールズとどこかに行くつもりはないわ。でも何かが起きたら――別々に行動しなくちゃならないかもしれないでしょ」

「ひと晩じゅう、ここで議論しているつもりはない。そうしたいなら自分の車で行けばいい！」

二人は腹を立てて黙りこんだまま、別々の車でヴィラを出発した。

角まで来たとき、アガサは燃料計がゼロを示していることに気づいたので、左折してキレニアに行く代わりに、ラプタのほうに右折していちばん近いガソリンスタンドをめざした。ふたつのガソリン給油ポンプの前に二台の大きなトラックが停まっていたので、アガサは一台がいなくなるまで辛抱強く待たねばならなかった。ところが、いつも持っているバッグではなく夜用の小さなバッグを持ってきたので、お金をすべてヴィラに置いてきてしまったことに気づいた。アガサは経営者に説明して謝り、あわててお金をとりにヴィラに引き返した。またガソリンスタンドに戻ると、経営者が電話をしていたので会話を終えるまで待った。それからようやく支払いをして、キレニアへの道を改めて走りだした。

さっきから感じていたホームシックが、なぜかなかなか消えなかった。カースリーに、自分の茅葺き屋根のコテージに、あの居心地のよいわが家に続く曲がりくねった田舎道を運転したかった。ジェームズのことはほとんど嫌いになりかけている。それでもなぜか彼の愛を求める気持ちは消えようとしなかった。頭に来てハンドルを殴りつけた。「彼が死んでくれればいいのに」声に出していった。

一軒の家の前の舗道に駐車した。男性が玄関を開けて、彼女の車をじっと見た。車は入り口をふさいでいた。

「ごめんなさい」車を降りてアガサは謝った。「すぐに移動します」

男はにっこりして、金歯を見せた。「かまわんよ」と愛想よくいった。

ここの人たちはほんとに鷹揚《おうよう》よね、とアガサは仰天した。イギリスで誰かが道を走ってきて、わが家の入り口に駐車したら、さんざん罵ったうえに警察を呼ぶだろう。

アガサが〈ドーム・ホテル〉に着くと、例のイスラエル人のビジネスマン、バート・モートがちょうどホテルをチェックアウトするところだった。彼は申し訳なさそうにこちらを見た。

「奥さまはどこかしら？」アガサは毒気たっぷりにたずねてやった。

「わたしよりひと足先に帰ったよ。ねえ、アガサ、本当に申し訳なかった」

アガサは態度を和らげた。「不思議なのはね、バート、あんなにゴージャスな妻がいるのに、どうしてわたしみたいなオバサンに目をつけたのかってことなの」

バートは悲しげに微笑んだ。「そんなに卑下しないでほしいな、アガサ。あなたはすばらしい脚をしているじゃないか」

「アガサ！」ジェームズが少し先に立ち、こちらをにらみつけていた。

「今行くわ」アガサはおどおどと返事をした。「さよなら、バート。いい旅を」

「彼らはバーにいたよ」ジェームズがいった。「いっしょに行ったほうがいいと思う」

二人はロビーを通り抜け、バーに近づいていった。「不安になってきたわ」アガサはいった。

「自分のすばらしい脚のことだけを考えたまえ。そうしたら気分がよくなるだろう」

ジェームズはとげとげしく応じた。

アガサは反撃の言葉をのみこんだ。すでにバーの入り口に来ていたからだ。

オリヴィアは冷ややかに二人を見た。トレヴァーは敵意をむきだしにしており、ジョージ・デブナムは攻撃から守るかのように妻の肩に腕を回した。

「あんたたちがのこのこ来たんで驚いとるよ」アンガスがとがめるようにいうと、ハ

リーも同意してうなずいた。

「みなさんにお詫びしなくてはと思って」アガサは殊勝にいった。「わたしは度を失っていたし、チャールズはあなたがわたしを責めるのを聞いたので腹を立てたんですよ、トレヴァー。でもチャールズのことはあまりよく知らないので、彼の発言の責任まではとれないわ。みなさんを傷つけるつもりはなかったんです」

「いいのよ、アガサ」オリヴィアがふいに温かい笑みを浮かべた。「この事件でみんな気が立っていたの。それに警察が遺体を返してくれないので、かわいそうなトレヴァーは葬儀の手配もできずにいるのよ」

「いっしょにすわったらどうだね」ジョージがいった。「一杯どうかな?」

ずいぶん簡単ね、簡単すぎるぐらいだわ、とアガサは思った。でも謝罪が終わり、ジントニックを注文したときはほっとした。ジェームズはブランデーサワーを注文した。

「あなたたちを探しに来たのは」とジェームズがいいだした。「アガサがみなさんをディナーにご招待したいといったからなんです」

アガサは思わず叫びそうになった。「嘘でしょ?」しかし、その言葉をかろうじてのみこんだ。

そしてこういった。「どこのお店がいいかしら？」

「あなたのお勧めでいいわ」オリヴィアがいった。

「われわれが借りているヴィラの隣に、とてもおいしいシーフード・レストランがあるんです」ジェームズがいった。「〈アルティンカヤ〉というんですが」

「そこの支配人はわたしたちの世話をしてくれているご夫婦ジャッキーとビラルの友人なの」アガサがいった。いい考えに思えた。キレニアから離れれば離れるほど、チャールズに出会う確率は減る。というのも、気に障ることをいうケチくさいチャールズにはもう会いたくなかったからだ。

ジェームズが彼らをそこまで車で連れていくといわなかったので、アガサはほっとした。一人で車に乗るほうが好きだったし、一時的にでも彼らから離れたかった。先頭を走るので、みんなはあとからついてきてほしいとジェームズはいった。

アガサは横丁に停めた自分の車まで歩いていった。他の連中はホテルの向かいにどうにか駐車スペースを確保していた。

車のドアを開けようとしたとき、聞き慣れた声がした。「やあ、アギー」

「あら、チャールズ」アガサは振り向かずにいった。

「どこに行くつもり？」

「あなたには関係ないでしょ」ぴしゃりといって、振り向いた。

「何か怒っているのかな？」チャールズは傷つき、とまどっているようだった。

「正直にいうわ、チャールズ。ケチな人は嫌いなの。ランチに誘っておいて、わたしに支払わせるような人はね」

彼は困った顔になった。「わたしがそんな真似をしたと思ってるのかい？　トイレが近いからといって非難されるのか？　あなたが招待してくれたんだと思っていたよ。今は二十一世紀だから」

「いいえ、あなたが誘ったのよ」

「ああ、いいとも、そんなのは簡単に償いができるよ。まだ食事をしていないんだ。あなたをディナーに連れていこう」

「それはできないの。わたしは友人たちと合流することになってるから」

彼はおもしろそうな顔つきになった。「まさかオリヴィアとその仲間たちじゃないよね」

「そうよ」

「きみが何度も殺されそうになっているのは当然だよ、アギー。あきらめることを知らないからだ」

「あなたの事件でもあきらめなかったわ」

「たしかにそうだ。きみは命の恩人だよ、アギー」

「さて、そろそろ行かなくちゃ」何をぐずぐずしていたのかとジェームズに文句をいわれることを想像して、すでにげんなりしていた。

チャールズが車に寄りかかったので、アガサは乗れなくなった。

「今夜、彼らはバーで口論していたよ」

「いつ？」

「一時間ぐらい前にバーにいたんだけど、激しくいい争っていた」

「何について？　話が聞こえた？」

「トレヴァーはローズを口説いたといってジョージを責めていた。オリヴィアはトレヴァーに酔っ払いとわめいていた。アンガスは、ローズは聖女だから誰にも色目なんて使わないと叫んだ。ハリーはこういってた。『まあ、彼女はちょっとふしだらだったな』トレヴァーが彼を殴ろうとした。みんな見ていたよ。ウェイターが走り寄ってきた。ジョージがいきなり何かつぶやくと、全員がおとなしくなった。ジョージが全員に酒をおごった。オリヴィアはトレヴァーに何かささやき、トレヴァーは謝っているようだった。以上」

「まあ、その場にいたかったわ」

「ともかくアギー、あとは警察に任せたらどうだい？　きみを突き落とそうとした人間がいるなら、絶対に彼らのうちの誰かだよ」

「ミセス・レーズン？」

二人とも振り向いた。パミールが彼らのほうに向かって丘を上ってくるところだった。

「あなたを探していたんです。誰があなたの車に岩を投げつけたのかわかりました」

「わたしの車だ」チャールズが訂正した。

「両親が男の子を連れてきました。ベラパイスのとても悪い子です。友人に観光客の車のガラスは割れないだろうとけしかけられて、割ってみせたんですよ。それから、そのことを自慢して回っていました」

「教えてくださってありがとう」アガサはいった。

「実に珍しいことです」パミールは首を振りながらいった。「これまでこういう事件は一度もなかったんですが」

「どうしてわたしがここにいることがわかったんですか？」アガサはたずねた。

「お宅に電話したら留守だった。ホテルで訊いてみたら、たった今出ていったという。

で、こちらを見たら、あなたが見えたんです」

「じゃあ、聖ヒラリオン城で襲われた件は？」

「まだ捜査中です」

「何者かがわたしを突き落として殺そうとしたとき、デブナム夫妻や他の人々はどこにいたんですか？」

「ミセス・デブナムはホテルの部屋で寝ていました。ミスター・トレヴァー・ウィルコックスも同じです。しかしその証拠はありません。アンガス・キングとハリー・テンブルトンは二人とも散歩をしていました。どこの店にも入らなかったといっています。これだけたくさんの観光客がいるので、それを裏づけてくれる人は見つかっていません。ミスター・ジョージ・デブナムも外出していました。そのとき聖ヒラリオン城にいたことが確かな人物は、ミスター・レイシーだけです」彼の黒い目は街灯の光で奇妙に光った。「ミスター・レイシーには嫉妬するなんらかの理由がありますか？」

「いいえ、まったく」アガサはきっぱりと答えた。

「いずれわかるでしょう。楽しい夜を。犯人の記録はアトランティック・レンタカーに渡しておきましたよ、ミスター・フレイス」パミールは立ち去った。小太りの影がパミールの前でひょこひょこ揺れていた。

「チャールズ、車から離れてちょうだい」アガサはせっぱつまっていった。「行かなくちゃ」

「じゃあジェームズが容疑者なのか」チャールズはおもしろがっているようだった。

「夜に避難所が必要なときは、いつでもわたしを訪ねてきていいよ、アギー」

彼はあとずさった。アガサは車に乗りこみ、乱暴にエンジンをふかして走り去った。

ジェームズと他の五人はすでにテーブルについていた。アガサはジャッキーとビラルが窓辺の別のテーブルにいるのを見つけ、まずそちらに話しに行った。

「ヴィラのほうは何も問題ありませんか？」ジャッキーがたずねた。「何か必要なら、電話してください」

「ありがとう」アガサはいった。二人はとても陽気そうな、とてもまっとうな夫婦に見えたので、彼らに仲間入りして他の連中を忘れてしまいたくなった。でもアガサはにっこりすると、ジェームズが椅子を引いてくれている場所に行った。

「なぜこんなに時間がかかったんだ？」ジェームズがとがめた。

「パミールが岩を投げた犯人を見つけたの」

「誰だ？」

「どこかの子ども。いたずらを自慢していたので、両親が聞きつけて署に連れてきたの」

「警察はまちがった方面を捜査して時間をむだにしているのよ、これでわかったでしょ」オリヴィアはいった。「たぶんあなたを崖から突き落とそうとしたのは地元の人間だったのよ、アガサ。それなのにわたしたちはそのときの行動を説明しろと、警察にうるさくいわれているのよ」

「地元の人間のはずがありませんよ」ジェームズがいった。「ここの観光客は土地の人間に好かれていますから。とりわけイギリス人は。ただし、実際にイギリス人観光客に会うと、その理由はさっぱりわかりませんけどね。それに、ここにはたくさんのイギリス人移住者がいるし、その数は毎年増えている。トルコ系キプロス人は、もっぱら本土からのトルコ人移住者にあらゆる罪をなすりつけていますから、ある朝目覚めたら、年金暮らしのよぼよぼしたイギリス人のほうが、彼らよりも数が多くなっているかもしれない」

「しかし、本当にトルコ人が北キプロスのすべてのドラッグ犯罪に責任があるのかな？」ジョージが意見を述べた。

「トルコ人マフィアはね」ジェームズはいった。そして、苦々しげにつけ加えた。「悪に染まってしまった少数のトルコ系キプロス人に手伝わせているんです」

アガサはニコシアでジェームズは何をして、何を発見したのだろうと首をかしげた。

支配人のウミットがメニューを手に近づいてきた。全員がさまざまな地元の魚を注文した。ウェイターはメゼというびっくりするほど多種多様の前菜を盛りつけた皿を次々に運んできた。ジョージはワインをたくさん注文した。アガサは改めて彼らの酒の強さに驚嘆した。チャールズの説明によれば、彼らはアガサたちが〈ドーム・ホテル〉のバーに到着するずっと前からすでに飲んでいたのだ。

アガサはジェームズの前にすわっているアンガスのほうを向いた。

「どういうきっかけでローズとトレヴァーと知り合ったんですか？」

「ロンドンでだよ」アンガスはいった。「おれは自分のビジネスを売って引退することにして、ちょっと旅行してたんだ。それまで南部に行ったことがなかったからな。いろんな観光名所を見て回ったんだ。バッキンガム宮殿、ロンドン塔、ありとあらゆるもんをな。だが、ちょっとばかし寂しくなっちまった。パーク・レーンのヒルトンに泊まって、ロンドンに着いてから三日間、夜はバーに通ってたんだよ。

そしたら隅にローズとトレヴァーを見かけてね。おれは女好きじゃなかったが、彼女から目が離せなくなった。ぴったりしたドレスを着ていたけど、それよりも笑い声のせいだったんだ。彼女はひっきりなしにおれのほうを見ていた。まるでいっしょに笑おう、っていわんばかりに。おれはちょっとばかし飲み過ぎてたんで、これまで一度もしたことのない行動に出た。ウェイターを呼んで、シャンパンを二人に届けさせたんだ。たちまち、二人はおれと合流した。

てなわけで友だちになって、そのあと、おれが滞在しているあいだずっと二人はパブやらクラブやらに連れていってくれた。あんなに楽しい思いをしたのは生まれて初めてだったよ。そのうちローズがいいだしたんだ。『どうしてグラスゴーにひっこんでいるの？　わたしたちのいるエセックスにいらっしゃいよ』って。トレヴァーが二人の家の近くにいい物件を見つけてくれるっていったんで、おれは南部に引っ越した。そのローズはもういないし、はっきりいうとな、アガサ、おれの人生はもはや砂漠も同然だよ」

老いた頰を涙が一粒つうと流れた。

「どうして一度も結婚しなかったんですか？」アガサはたずねた。

「おれは貧しい生まれだったから、えらい野心があった。造船所で働いてコツコツ金を貯め、まずちっぽけな店を持った。お菓子や新聞なんかを売るだけの店だった。だけどもそれを繁盛させて、また倹約して、もう一店舗買い、さらにもう一店舗買った。グラスゴーのど真ん中に初めてでっかい店を持ったときのことはよう覚えとるよ……

だけど恋愛をする時間はまったくなかった。時間ができたときには、恥ずかしくて女性を口説けなかったんだ」

「あなたの訛りはときにはとっても強くなるけど、ふつうの英語になるときもあるんですね」アガサはいった。

「ああ、ローズのせいだよ。南部の人間にはおれの話が理解できないとローズにいわれて、話し方レッスンを受けさせられたんだ」

「ローズ本人が受けることは考えなかったのかしら？」

「ローズは美しいしゃべり方をしていたじゃないか」アンガスはアガサをびっくりしたような目で見た。

愛で人は盲目になるというけど、耳まで聞こえなくなるのね、とアガサは思った。

「二人で何を話しているの？」オリヴィアが口をはさんできた。

「ローズのことよ」アガサは答えた。「アンガスにどうしてローズとトレヴァーと知り合ったかを訊いてたの」

「それから、おれたちが大親友になったってことを彼女に話したか？」トレヴァーがたずねた。さっきまでアルコールのせいで頭がぼうっとしていたのが、急に意識がはっきりしたようだった。

「ああ、ヒルトンで最初に会ったときのことを思いだしてたんだ」アンガスがいった。「あのときローズがいったことは当たってたな」トレヴァーがいった。「『金をたんまり持ってそうね』って、あいつはいったんだ」

「どういう意味だ」アンガスがくぐもった声でいった。

「どういう意味？　あのな、おれのかわいいローズは世界一欲張りな女だったんだよ」トレヴァーが毒気たっぷりにいった。「あいつは金が大好きだった。自分で外に出かけて稼ぐ必要がない限りはな。自分が金を出す段になると、そりゃもう財布のひもが堅かったよ。『アンガスに頼んだら』と、ローズはしょっちゅういっていた。『あの人は懐《ふところ》が豊かなんだから』って。だから、おれはあんたに頼んだだろ、アンガス？　そしたらあんたはこういった」ここでトレヴァーはアンガスのスコットランド訛りのしゃべり方を不器用に真似てみせた。「おれは生まれてこの方ずっと働きづめだったんだ、お若いの。おかげでなに不自由なく暮らしていける。ローズもあんたに同じようにしっかり働いてもらいたがっとるだろうよ」

「だけど、ローズのお金は、あなたが相続するんでしょ」アガサがぶしつけにいうと、ジェームズがテーブルの下で彼女の足を蹴飛ばした。

トレヴァーは半ば体を浮かせてテーブル越しに顔を突きだし、片手をオリーブの皿にめりこませた。「おれが金を手に入れるために妻を殺したっていってるのか？」

「ちがうわ」アガサはいった。「全然ちがうの。どうかすわってちょうだい、トレヴァー。失礼なことをいったわ」

オリヴィアが立ち上がってトレヴァーのところに行った。

「さあさあ。アガサは如才のなさってものとは無縁なのよ。どうか忘れてちょうだい、お願い。さあ一杯やって」

トレヴァーは少し落ち着きをとり戻した。「家に帰りたい。だけど二度と家に帰れない気がする」

長い沈黙が続いた。アガサは横顔にジェームズの視線が突き刺さっているのを感じた。

「ここのお料理はおいしいわね」オリヴィアが明るくいった。「ジェームズ、軍隊の歴史を執筆しているといってたでしょ。進み具合はいかが？」

「実にゆっくりですね」ジェームズはいった。「ノートパソコンの前にすわり、調査ノートをとりだすと、何かしら起こるんです――電話が鳴るとか、キッチンで妙な物音がして調べてこなくてはならないとか。そしてパソコンの前に戻ってきたときには、何も書く気になれなくなっているんです」

「じゃあ、どうして書いているんですか？」ジョージがたずねた。「退役したんでしょう？『もうこんなことはしない』って自分に宣言すればすむことでしょう？」

「ああ、最終的にはそうなるでしょうね」ジェームズはいった。「ただ何事もあきらめるのが好きじゃないんですよ」

「アガサもね」オリヴィアがいった。「彼女はあなたを追ってここに来たんでしょう」

「話題を変えませんか？」ジェームズが氷のように冷ややかな声でいった。「おや魚料理が来た」

アガサはオリヴィアをぎゃふんといわせてやりたかったが、すでにひどく面目ないことをしでかしてしまったあとなので口を開くのが怖かった。ふと宣伝会社で同僚だった既婚女性のことを思いだした。彼女は夫と社交の場に出るのが怖いといっていた。なぜなら事後にこういわれるからだ。「どうしてあんなことをいったんだ？」「ああいったとき、誰と誰の顔を見たか？」「もっとましな服がなかったのか？　これほどの大金を服に注ぎこんでいるとは、誰も思わないだろうな」当時、夫のいないアガサは陽気に答えたものだ。「どうして彼に反論してやらないの？　とっとと失せろ、もううんざりだ、っていってやったらいいのに」

だがそのアガサは今、ジェームズと二人だけになったときに非難を浴びせられることを恐れていた。やっかいなことに、アガサはフェミニストが登場する前の時代に育った。「そのとおりね、あなた」の世代なのだ。ジェームズといっしょにいると、まさにその世代の典型になってしまう。そもそも男性というのは、些細なことで女性にうしろめたさを感じさせるうらやましい才能に生まれつき恵まれているのだ。とはいえアガサも、妻を殺されたばかりの男性に妻の遺産をもらえるから大丈夫だろうというのは、我ながら配慮がなさすぎたと反省した。

アガサはジョージに外務省での仕事についてあれこれ質問して、できるだけ感じよく社交的にふるまって失点を挽回しようとした。ジョージはロンドンでデスクワークをしていたので、華やかな海外駐在の経験はなかった。しかし彼はべらべらしゃべりまくった。昔の生活を懐かしんでいるらしく、話はもっぱら彼よりもずっとカリスマ的な人物についてだった。これまで会ったことのない人々についての楽しげな思い出話を聞かされるほど退屈なことはない。しかし、そのおかげで夜はほぼその話でつぶれ、トレヴァーが逆上したことから全員の心をそらすことができた。

食事の最後にオリヴィアが〈ドーム・ホテル〉でコーヒーとブランデーをいただきましょうと提案した。アガサはまだジェームズと二人きりになりたくなかったので、それはいいわねと応じた。

ジェームズが来ないうちにアガサは大急ぎで自分の車まで飛んでいって走りだした。そして煙草をとろうとハンドバッグを探った。最近はジェームズの前で煙草を吸う気になれなかった。彼は手で煙をあおぎ、わざとらしく咳こんでみせるからだ。

海岸沿いの道をゆっくりと走った。ホテルに到着したときには、ジェームズをわきに引っ張っていって、さっさとけんかを終わらせたほうがいいかもしれないという気になっていた。さもなければ、夜じゅう不安を抱えて過ごすことになるだろう。

フロントデスクのかたわらでジェームズが待っていた。

「何かいう前に」とアガサが機先を制した。「おもしろいニュースがあるの。今夜、わたしたちがバーに来る前に、あの人たちは激しく口論していたらしいの。トレヴァーはローズを口説いたとジョージを非難し、ハリーに妻をふしだらといわれて、彼を殴ろうとしたんですって」

ジェームズの目は細くなった。「どこでそれを知ったんだ?」

「チャールズが教えてくれたわ」アガサはいってから、ウェイターから聞いたといえばよかったと後悔した。

「それであんなに時間がかかったのか」ジェームズは憤慨していった。「いっておくがね、アガサ、ここは噂好きな狭い土地なんだ。きみこそふしだらという評判が立ちかねないよ」

「そうじゃないわ。わたしが車に乗りこもうとしたときにチャールズが話しかけてきて、そこにパミールがやって来たので時間を食ったのよ」

「きみの話は信じられないね」ジェームズは叫んだ。「それに今夜のふるまいはどう説明するんだ？　ローズの遺産についての話題は気をつけて口にするってことになってただろ、覚えているよね？　しかし、なんてことだ。きみはあんなふうにぽろっと口にしてしまった。まったく、きみってやつは」彼はわめいた。「アガサ、きみを殺してやりたいよ」

フロントデスクの男女が凍りつき、二人をまじまじと見つめた。数人の観光客もこちらを振り向いた。

ジェームズは何かぶつぶついいながら、きびすを返してバーに向かった。

アガサはしばらく茫然としながら、その場に立っていた。それから強烈な怒りがわきあがってきた。よくもわたしが自分のものだといわんばかりの口がきけたものね？　どうして彼が情熱を見せるのは癇癪《かんしやく》を起こすときだけなの？　いいわ、今夜はヴィラに戻らない。ここに部屋をとって、平和と静けさを堪能しよう。

アガサはハンドバッグからクレジットカードをとりだし、その晩の部屋を予約した。

それから、独立を宣言したようなせいせいした気分を味わいながら、バーに歩いていった。彼女が他の連中に合流すると、沈黙が広がった。自分のことを話題にしていたのではないかと、落ち着かない気分になった。

アガサはハリーの隣に、ジェームズとはテーブルをはさんで反対側にすわり、彼の視線を避けた。

アガサはもう充分に飲んだからといって、ブランデーを断りコーヒーを頼んだ。

「あら、どうしたの、アガサ」オリヴィアがいった。「夜はまだこれからよ、たとえあなたの人生は先が見えていても」

「ご自分のことでしょ」アガサはいった。「だけど残っている脳細胞をお酒でだめにするのは、もうやめたの」

「ずいぶん水を差すようなことをいうな」ハリーがいった。

アガサはウェイターを呼び寄せた。「コーヒーはけっこう」彼女はきっぱりといった。「コーヒーは取り消し」

アガサは立ち上がった。「もう寝るわ。快適な居心地のいいホテルの部屋で寝たかったから、今夜はここに部屋をとったの」そしてみんなが何かいわないうちに、さっさとバーを出た。

先ほどのジェームズの言葉が胸に突き刺さり、ますます胸が痛んだ。あまりの痛みに、おなかに打ち身でもできたかもしれないと、突飛な考えが頭に浮かんだほどだ。ヴィラに戻って寝間着と歯ブラシと着替えをとってこようかとちょっと迷ったが、ともかく今はぐっすり眠って何もかも忘れたかった。

フロントでキーをもらった。「ここに泊まるの、アギー？」

またもやチャールズ。

「静かな夜を過ごしたいからよ」

「ジェームズとは手を切ったのかい？」

「あなたには関係ないわ」

チャールズは自分のキーをとり、彼女のあとからエレベーターに乗った。

「一杯やりに来ない？」

「いいえ」アガサは断固としていった。「眠りたいの」

「パジャマを貸してあげるよ。同じ階だね」彼はアガサのキータグの番号を読みながらいった。「それからスペアの歯ブラシも持っている。一度も使ってないやつだ。まだきれいな包装袋に入ったままだよ」

「それはご親切に」アガサはぶっきらぼうにいった。「でもあなたと寝るつもりはないわよ」

「そう頼んだかい？」チャールズは穏やかに返した。

彼の部屋に行くと、チャールズはアガサが以前に着たパジャマをとりだしてきた。ホテルのランドリーできれいに洗ってアイロンがかけられていた。それに歯ブラシも。

「一杯飲む？」彼は誘った。

「そうね、そうしようかしら。すでにかなり飲んだけど、まだぱっちり目が冴えているし。煙草を吸ってもいいかしら？」

「もちろん。わたしもときどき吸うんだ。あなたの煙草を一本もらおう」

二人はバルコニーに出てすわった。チャールズは椅子にもたれ、海の上で瞬いている星を見上げていたが黙りこんだままだった。

アガサはこっそり彼を眺め、何を考えているのかしらと思った。チャールズは驚くほどこざっぱりした男だった。常にぴしっと折り目のついた洗濯された服を着ている。整った顔立ちやブラッシングされた髪までが、折り目がつけられ洗濯されたように見えた。猫みたいだわ、とふいにアガサは心の中で思った。こぎれいで自己満足しているから。

とうとうアガサはお酒を飲み干し、立ち上がった。「黙っていてくれてありがとう、チャールズ。本気でいってるのよ」

「きみが望むときはいつでも黙っているよ、アギー。じゃ、また」

そしてアガサは部屋を出たが、チャールズがこんなに泰然としていることをおもしろいと思うと同時に不思議にも感じていた。


その頃、フロントでジェームズはたずねていた。

「ミセス・レーズンはどの部屋ですか？」フロント係はジェームズに教えた。「電話をかけてもらえますか？」

フロント係は電話をかけてからいった。

「お返事がありません。でもミセス・レーズンはサー・チャールズ・フレイスとごいっしょに上に行きました。彼の部屋にお電話してみましょうか？」

「いやけっこう」ジェームズは憤慨しながらいった。「なんてやつだ」


アガサはホテルのベッドに丸くなり、ジェームズのことを考えた。彼に腹を立ててもらいたくなかった。彼はチャールズに嫉妬しているにちがいない。だけど、そんなに嫉妬していながら、わたしと愛を交わそうというそぶりもまったく見せなかったのはどうして？　それからアガサはすとんと深い眠りに落ちていった。暑かったが夜気は気持ちがよく、エアコンのスイッチを入れずに窓と鎧戸を開けっぱなしにしておいた。

朝の三時頃、寝室のドアのロックがそっと開いた。アガサは眠り続けていた。黒っぽい人影が静かにベッドに近づいてきた。すばやく枕がアガサの頭から引き抜かれ、顔にぎゅっと押しつけられた。

アガサははっと目を覚まし、必死に抵抗した。両手両脚を振り回してあらがい、ぐいっと頭をねじった拍子に口が自由になって思い切り悲鳴をあげた。ドアがバタンと閉まる音がした。

ベッドサイドの明かりをつけ、フロントに電話して息を切らしながら助けを求めた。

一時間後、胸がむかつき、部屋の暖かさにもかかわらず寒気を感じながら、アガサはパミールに向き合っていた。

ホテルの支配人、さまざまな警官や刑事にすでに話をしたと訴えたが、パミールはもう一度繰り返させた。

彼女が話し終えると、パミールはいった。「ミスター・レイシーから供述をとるために、彼を呼んでいます」

「え？」アガサはぼんやりといった。「ジェームズとどういう関係があるんです？」

「ミスター・レイシーは昨夜早く、あなたを殺すと脅しているのを聞かれています。その後、彼はフロントであなたの部屋に電話をしてもらったが、あなたはいなかった。フロント係はあなたがサー・チャールズ・フレイスといっしょに上がっていったという情報を伝え、彼の部屋にいるかもしれないから、そちらに電話しようかと申し出た。しかしミスター・レイシーは怒りをあらわにして立ち去った。ローズ・ウィルコックスの未解決の殺人事件のせいで、この件を後回しにするわけにはいかない。ミスター・レイシーは嫉妬のあまりあなたを殺そうとしたのだと、われわれは考えています」

「わたしの力でも襲ってきた相手を押しのけられたのよ」アガサはいった。「ジェームズだったら、とてもかなわなかったわ」

「最後の最後で気が変わったのかもしれない」

「まあ、そんなのでたらめよ」

「これは嫉妬による犯行と考えています。サー・チャールズの供述もとっているところです。ところであなたはサー・チャールズのパジャマを着ていますね」アガサは顔を赤らめた。動揺が大きくて着替えるのを忘れていた。何をすることもできず、ただベッドにすわって震えていたのだった。

「いったでしょ。彼と一杯飲んだって。それだけです。親切にパジャマを貸してくれたんです。犯人はどうやって、わたしの部屋のキーを手に入れたのかしら？」

「合い鍵を盗んだにちがいありません。スタッフにも話を聞いています」

アガサは髪をかきむしった。「ジェームズじゃないことはわかってます。そんなの、いかれてるわよ」

パミールはさらにアガサに質問をして、もう自由にしてもいいといった。アガサはみじめな気分でシャワーを浴びて服を着た。チャールズのパジャマはたたみ、歯ブラシはハンドバッグに入れると、一階に下りてホテルから出た。

アガサはヴィラまで車を走らせ、中に入った。警察に行って、ジェームズを助けるために何かするべきかもしれない。しかし、あまりにも疲れていたし、すっかり震えあがっていた。自分の部屋に上がっていくとベッドに横になった。いまやあらゆる物音が不吉に感じられた。浜辺から伝わってくる人の声。外の道路でしゃべっている人の声は、家の一階に誰かがいるみたいに聞こえた。

アガサは二時間後にぎくりとして目覚めた。誰かが家の中にいた。誰かが階段を上がってくる。

　武器がないかとあたりを血走った目で探していると、ドアが開いてジェームズが入ってきた。

「ああ、ジェームズ」アガサは喜びがこみあげてきた。「釈放されたのね？」

　彼は戸口に立っていた。「わたしを留置しておく理由はなかったからね。近所の人々への聞きこみによれば犯行時刻に、カジノから帰ってきた二人の人間が、わたしのレンタカーが家の外に停めてあるのを目撃していたんだ。そのあとわたしが庭を歩き回っているのも見られていた。眠れなくて、庭に出ていたのが幸いしたよ」

「ジェームズ、誰がわたしを殺そうとしたんだと思う？」

「今は疲れはてててどうでもいいよ。取り調べの途中でわかったけど、きみはチャールズとセックスしたそうだね」

　アガサは真っ赤になった。「あの人は紳士じゃないわ」

「反対だよ。彼は男らしく嘘をついたが、不運にもきみたちの行為の証拠がシーツに残っていて、ホテルのスタッフがそれを証言したんだ。警察はこれまで、この興味深い事実をわたしに伏せていたんだ。わたしを気の毒に思ってね。いいや、アガサ、それ以上何もいわないでくれ。きみはわたしに嘘をついた。夫の存在について嘘をついたのと同じようにね」

ジェームズは部屋を出ていき、ドアを閉めた。

6

アガサは海辺沿いに長い散歩に出かけた。観光客はほとんどおらず、渡り鳥の群れが雲ひとつない空を滑るように飛んでいった。

ジェームズにも、ジェームズに叱責されることにも怯えていた自分に腹が立ってきた。かつては宣伝業界の恐怖といわれたこのアガサ・レーズンが、ちょっとした対決を怖れるなんてどうかしてる。恋に落ちたことで、活力が奪われてしまったようだ。最近、恋について語る人がめったにいないのは本当に不思議だ。恋をすると、人はそれにとりつかれ、その人質となり、共依存となる。そして、自分ではどうしようもないのだと弁解する。「恋」という言葉はいまや弱さを意味するのだ。

でも、ジェームズにも欠点があった。彼も聖人ではなかった。村の女性と関係を持ったことすらある。

アガサはジェームズととことん話し合う必要があった。しかし、そう考えただけで

ひるんだ。敵意に満ちた雰囲気のまま、同じ屋根の下で暮らすことはできないとわかっていたのだが。歩いて帰る途中、誰かが自分を殺そうとしたのだと思いだし、何度も足を止めては周囲を用心深く見回した。浜辺からヴィラまで急な丘を登っていった。歩いているうちに息が切れ、吸っていた煙草を投げ捨てた。喫煙がこれほど白い目で見られるようになるまでは、ずっと禁煙することを考えていた。しかしこういうご時世になってみると、なぜか禁煙する気持ちにはなれなかった。

アガサはヴィラに入っていった。食器のカチャカチャいう音で、ジェームズがキッチンにいることがわかった。アガサはキッチンに入っていって、彼の背中に話しかけた。「ちょっと来てちょうだい、ジェームズ。このままではやっていけないわ。話をする必要があると思うの」

ジェームズは振り返った。その顔は冷たく何の感情も表れていなかった。それでもジェームズはキッチンのテーブルの前にすわった。アガサはその向かいの椅子を引いて腰をおろした。

「わたしの話をよく聞いてほしいの」アガサは平静な声で切りだした。「わたしがここに来てから、あなたは愛情もやさしさもまったく見せてくれなかった。わたしはチャールズといっしょに酔っ払って、ベッドをともにしてしまった。たまたま、そうなったのよ。本当のことを黙っていたのは、あなたを失いたくなかったから。だけど、今のこういう愛情のない関係では、あなたはわたしに腹を立てたり、独占欲を見せたり、嫉妬したりする権利はないわ。あなたはわたしをとても傷つけた。二人ともローズを殺した犯人を見つけたいと思っているけど、こんな状態ではいっしょに暮らすことはできないわ。あなたはどういう意見？」

ジェームズは無言でテーブルを見つめていた。

「ジェームズ」アガサは訴えるようにいった。「心の中をさらけだすような会話が苦手だってことは知ってるわ。だけど、何かいってくれないと」

ジェームズは彼女を冷ややかな目で見た。「もう少し時間をくれないかな、アガサ。わたしはひどい態度をとってしまったね。これまでは女性と軽いつきあいしかしてこなかったんだよ、真剣な交際はまったくなかった。どうしてきみとそうなったのか、自分でもよくわからない。わたしの好みはとても女らしいおとなしい女性なんだ。実際、もっと馬鹿な女性といっしょにいるほうが落ち着く。きみは煙草を吸うし、汚い言葉を使うし、あきれるほど無遠慮にずけずけものをいう。結婚したら、きみのせいで頭がどうかなるだろうね、アガサ。きみのいうとおり、わたしはずっと親密になることを避けてきた。といってもセックスではなく、こういう話し合いをってことだ。

自分の気持ちについて語ることをね。これからは癇癪を起こさないように気をつけるよ」

アガサは悲しげにジェームズを見た。「わたしは変われそうにないわ、ジェームズ。あなたが望んでいるようなタイプの女性になれるとは思えないの。だけど、煙草なら止められる……」

ジェームズは手を伸ばして、温かく力強い手でアガサの手を握りしめた。

「少し時間をかけてみようよ。友人として」

「友人」アガサはおうむ返しにいったが、何ひとつ解決されていないことにとまどいを覚えていた。「チャールズとは距離を置くわ」

「こういう状況で、きみに誰と会って誰と会うなと指示することはできないよ。さて、容疑者について話し合おう」ジェームズは陽気にいった。まるで恐ろしいお説教が終わって校長室から出てきた男子生徒のようだわ、とアガサは思った。

「すべてはトレヴァーが犯人だということを示している」ジェームズはいった。「それにトレヴァーは大酒飲みだ。遅かれ早かれ、ボロを出すよ」

「ホテルで襲われたあとで、マスコミが戸口に来ていないのが意外だわ。オリヴィアの派手なマスコミ会見のあと、みんな消えてしまったみたい」

「ああ、話すのを忘れてた。南キプロスでおぞましい殺人事件があって、イギリス兵士数人が逮捕されたんだ。みんな、そっちに行ったんだよ。われわれの殺人事件はもう古いネタなんだ」

「そう、少なくとも静かに過ごせるわね。これからどうする？　今夜、またホテルに行ってみる？」

「行けないんだ。今夜はニコシアで約束があるから」

「いっしょに行くわ」

「だめだ、アガサ。ムスタファの調査に関連したことだから、きみを巻きこみたくない。でもトレヴァーたちのところに一人では行かないでくれ。ここで静かに過ごして、テレビでも見ていたらどうだい？」

「地元のニュースを除いて、ほとんど英語の番組がないのよ」

「ときどき地元局で英語の映画を放映しているよ」

「わかったわ。考えてみたら、ここに来てから静かな夜を過ごしたことがまったくなかったわね」

「じゃあ支度をしてくるよ」ジェームズはそういって立ち去り、アガサは一人物思いにふけった。

ジェームズが出かけてしまうと、アガサはコーヒーのカップを手に庭に出ていき、太陽が沈むのを眺めた。だが、うるさい蚊に刺されたので、室内に退散して軟膏を探すことにした。軟膏を塗ってから、アガサはテレビのスイッチを入れ、チャンネルを次々に変えていった。すべてトルコ語だった。アーノルド・シュワルツェネッガーがトルコ語で叫んでいる。バッグス・バニーがトルコ語で叫んでいる。誰も彼もがトルコ語をしゃべっていた。アガサはスイッチを切った。

ふいにヴィラが不気味なほど静まり返っているように感じられた。ひとしきり海が凪ぎ、外の道路で遊ぶ子どももいなくなった。アガサは神経がささくれ立ち、ちょっとした物音にびくついた。

そのとき電話が鳴った。アガサはぎくりとして電話機を見つめ、それからジェームズにちがいないと気づいて肩の力を抜いた。

受話器をとりあげた。

「やあ、アギー」

チャールズ。

「どういう用なの?」失望がこみあげてきて、つっけんどんにたずねた。「どうしてここの番号がわかったの？」

「簡単だよ」彼はうれしそうにいった。「ホテルの支配人に電話番号を教えただろう。ディナーはすませた？」

「まだよ。でも、あなたにディナーをおごるつもりはないから」

「意地悪だな。わたしがおごるつもりでいたんだ」

「チャールズ、あなたのことで大変なトラブルになったのよ。あなたと寝たことをジェームズに知られちゃったの」

「それはわたしがいけないんじゃないよ。警察はホテルの使用人からとっくに話を聞きだしていたんだが、誰かがあなたを窒息させようとするまで、ジェームズにその情報を伏せていたんだ」

「ジェームズがここにいないって、どうして知ってるの？」

「キレニアに戻ってきたときに、猛烈なスピードでニコシアに向かうジェームズとすれちがったんだ。ねえ、アギー。遊びに出ておいでよ。退屈しているんだ」

物音がするたびに不安で飛び上がりながら、独りぼっちで過ごさねばならない夜のことを考えて、アガサは心が動いた。

「そう、そこまでいうなら」アガサは恩着せがましくいった。「どこに行けばいい？」

「ここだ。〈ドーム・ホテル〉」

アガサはため息をついた。「本当なら事件の調査をしたいところなんだけど、今夜はあの連中と鉢合わせしたくないわ」

「〈ブドウの樹〉っていうレストランは？」

「いいえ、そこもあの人たちがいるかもしれない。イギリス人はみんなあそこに行くから」

「ニコシアの〈サライ・ホテル〉は？」

「でも……」

「ニコシアは大きな都市だよ。だけどジェームズがいるかもしれないと思うなら……」

「いいえ、考えてみたら、彼がわたしの予想どおりの場所に行ったなら、中心部には絶対いないはずよ。キレニアのメインストリートに車を停めるわ、新聞店のすぐ外あたりに。そこでわたしを拾って」

「何時？　まだ七時だ。八時に拾うよ」

しかしアガサは急にヴィラを一刻も早く出たくなった。

「着替えるのに十分、行くのに十分ぐらいよ。七時半にして」

アガサは電話を切ると、階段を駆け上がり、ゆうべ却下したミニの黒いドレスを着た。すばやく顔を洗ってから、メイクをやり直し、ハンドバッグをつかむと急いでヴィラを飛びだした。

ヴィラの不吉な静寂から逃げだせてほっとしながら、アガサはいまやすっかりなじみになった道をキレニアめざして車を走らせた。道の片側には山々がそびえ、反対側には海が広がっている。キレニアのいらだたしい一方通行システムを思いだし、環状道路を信号まで走ると左折してキレニアに入り、オリヴィアとその仲間たちがいるかしらと思いながら〈ブドウの樹〉の前を通り過ぎた。環状交差路《ラウンドアバウト》と市庁舎を過ぎ、新聞店の外で駐車スペースから一台の車が出てくるのを見て、やったと思いながら空いたスペースにきちんと車を停めた。チャールズがすぐに現れた。アガサは彼のレンタカーに乗りこんだ。

町をぐるっとひと回りする代わりに、チャールズはトルコ人が運転するトラックのうるさいクラクションと点滅するライトにもめげず、あざやかにUターンをすると、ラウンドアバウトまで戻ってニコシアに向かった。〈オナル・ヴィレッジ・ホテル〉を過ぎ、山を越えると、とうとう眼下の平原にニコシアの瞬く灯が見えてきた。

「で、どんな気分?」チャールズがたずねた。

「ちょっと怯えてるわ。なんだか現実感がないの。すべて夢で、ある日、目が覚めたらカースリーの自分のベッドにいるんじゃないかって気がするわ」

「カースリーでどういう家を買ったんだい？」

「茅葺き屋根のコテージ。カレンダーとかビスケット缶に写真が使われるような家よ。表側に小さな庭があって、裏にはもう少し広い庭がある。二寝室、バスルームとキッチン、ダイニングルーム、リビング。ああ、自分の家にいられたらいいのに」

「パミールはこれ以上あなたをここに引き留められないんじゃないかな。明日会いに行って、家に帰りたいといってみたら？」

「ジェームズがいるから」

「彼はまだ口をきいてくれるのかい？」

「ええ」

「そりゃ、驚いた。わたしなら金輪際口をきかないけど」

「ジェームズのことは話したくないわ」アガサは語気を強めた。

チャールズはニコシアの中央部に入ると、〈サライ・ホテル〉近くにどうにか車を停める場所を見つけた。

「このホテルはね」とアガサはエレベーターでレストランまで上がりながらいった。

「レストランの隣にトイレがふたつしかなくて、よくやっていけるなあって不思議なの。このサイズのホテルで、共用部分にトイレがふたつしかないのよ。たとえば結婚式のときはどうするのかしら？」

「さあね。テラスから小便をするんじゃないかな」チャールズはどうでもよさそうにいった。「さあ着いた。バーで一杯やる？　それともまっすぐレストランに行く？」

「レストランがいいわ。最近飲み過ぎだから」

「ここは酒がとても安いからね」

「それに煙草も」アガサはいった。「喫煙者の夢だわ。みんなが煙草を吸っていて、あちこちに灰皿があるのよ。肉屋にまで」

彼らは食事を注文し、ニコシアの灯を眺めた。

オードブルはチーズが詰められた薄いパイ生地のペストリーで、メイン料理は骨つきラムにサラダとライスを添えたものだった。チャールズがワインのボトルを頼んだので、アガサはお酒を飲まないという決意をころっと忘れてしまった。チャールズとは気楽に話ができた。彼女はチャールズに恋をしていなかったからだ。

「ところで、誰があなたを殺そうとしたと思う？」チャールズがコーヒーとブランデーを飲みながらたずねた。

「トレヴァーよ」アガサはいった。「トレヴァーにちがいないわ」

「あのトレヴァーのことだ、午前三時には完全に酩酊状態だったと思うな。犯人はかなり酒臭かったかい？」

「怖くて臭いに気づくどころじゃなかったわ。それに自分もずっと飲んでいたし。煙草みたいなものよ。自分が吸っていると、他の人の煙草の臭いにあまり気づかないものでしょ」

「じゃ、犯人候補を考えてみよう。友人のハリー・テンブルトン、年はとっているが、まだかなり力はある。生まれてからずっと干し草やら何やらを運んできただろうからね。で、ローズはふしだらだといった。彼はオリヴィアに夢中だ。ジョージがローズに陥落しそうになっていると考え、忠実な友人として誘惑者を消すことにしたのかな？」

「まずありえないわ」

「すべてがありえそうにないことばかりだ。ギリシアとトルコのあいだの境界でいろいろな小競り合いが起きているのを除けば、この土地は地中海でもっとも安全なんだ。たしかにイギリス人在住者の家の何軒かに泥棒が入ったが、警察は必ず犯人を逮捕している。検挙率がとても高いんだ。観光客は車をロックすることだけ注意していればいい。だからイギリス人観光客がナイトクラブで殺されるなんて、例外中の例外だよ。こうなると、トレヴァーがいちばんの容疑者だな。彼には金が必要だった。ローズは金を持っていたが、夫のトレヴァーに与えようとはせず、彼の事業はつぶれかけていた。さらに彼女は別の男を誘惑し、トレヴァーは嫉妬深い。犯人は夫のトレヴァーにちがいない。だったらあなたの捜査能力を発揮するまでもないね、アギー。なぜって犯人がトレヴァーで、あれだけの量の酒を飲んでいることを考えると、いずれ酔った勢いで自白するだろうから。ただパミールはわたしたち全員に際限なく質問を浴びせ続けるだろうな」

アガサは苦々しげな笑みを浮かべた。「『最初からもう一度話してもらえますか、ミセス・レーズン？』ってね。彼は信じられないほどの忍耐力の持ち主だわ」

「われわれの一人が口を滑らせ、何かちがうことをいうのを待っているんだよ」チャールズはいった。「それに、彼はジェームズが痴情のもつれからあなたを殺そうとしたと考えている」

「ジェームズにはアリバイがあるわ」

「わたしにはなかった。幸運なジェームズ。わたしのような人間は一族の近親結婚のせいで頭がいかれている可能性がある、とパミールにほのめかされたよ」

「わたしも、あなたは少し頭がいかれてるんじゃないかって思うときがあるわ、チャールズ。どうしてわたしにちょっかいを出すの？」

「おもしろい人だから」

「あまりうれしくないけど」

「その黒いドレス、とてもよく似合ってるよ」

「ありがとう。この暑い国で、あなたみたいにネクタイをしている人ってめったにいないわよね」チャールズは純白のシャツに白いリネンのスーツを着て、ストライプのネクタイをしめていた。「汗をかかないの？」

「汗をかくのはあなたと愛を交わしているときだけだよ、アギー」

アガサはため息をついた。「あなたがお似合いの相手ならねえ。わたしは少なくとも十歳は年上よ、チャールズ」

「前からツバメになりたかったんだ」

「わたしはツバメがほしいと思ったことなんて一度もないわ」

「あの若い中国人の刑事はどうなんだい？　彼はあなたに気があるんだと思ってた」

「ビル・ウォンは友だちよ。実をいうと、彼はわたしにとって初めての本当の友だちなの」

「だけど、彼はまだ二十代だよ。そんなに前から知っていたわけじゃないだろう」

「引退してコッツウォルズに引っ越してくる前、ロンドンで仕事をしていたときは」としゃべりながらアガサは組んだ両手にあごをのせた。「大きな野心のせいで友だちを作れなかったし、そもそも友だちなんていらないと思っていたの。わたしはＰＲ会社を作って成功をおさめたのよ」

「だけど、宣伝の仕事だと、人と仲よくやっていく必要があるだろう？」

アガサは笑った。「わたしの場合、いじめたり、おだてたり、脅しつけたりして成功したの。コッツウォルズに引っ越してきたら、状況ががらっと変わったわ。もう自分のアイデンティティとしての仕事もなくなったし。初めて関わった殺人事件で、ビルと出会ったのよ。それに、他にも友だちができたわ」

「五十歳を過ぎて人生が新たに始まった？」

「そんな感じね。あなたはどうなの、チャールズ？　結婚したくないの？」

「あなたとの結婚はちょっと急すぎるよ」

「ふざけないで」

「ぴったりの相手がまだ見つかっていないんだ。子どもをぜひほしいとも思っていないし」

「それは残念ね」

「じゃあ、われわれはお互いに残念な人ってことだよ、アギー。あなたにも子どもがいなかったんだろう」

「ええ」アガサは悲しげに答えた。「もう永遠に子どもは持てないわね。むだに過ごした歳月だったわ、チャールズ」

チャールズは一杯ずつブランデーのお代わりを頼むと、グラスを上げた。「むだに過ごした歳月に」チャールズはおごそかにいった。

「こんなに飲んで、運転は本当に大丈夫？」アガサがたずねた。

「イギリスと同じで、ここでも呼気検査があるよ。だけどわたしは慎重に運転していくつもりだ。ちっとも酔いを感じていないし」

ようやく帰ろうと立ち上がったときに、アガサがいった。「ジェームズが戻っているといいけど。あのヴィラで一人でいるって、あまりうれしくないのよ」

チャールズの目がいたずらっぽくきらめいた。「ここに泊まってもいいよ」

「だめよ。さ、帰りましょう」

二人がニコシアを出てキレニア・ロードに向かったとき、アガサは〈グレート・イースタン・ホテル〉のすぐそばだということに気づいた。ジェームズはどうしているだろう。何をやっているのかしら？

そのとき、ジェームズが通りを若い女性と腕を組んで歩いているのを見つけて、心臓が止まりそうになった。長い茶色のカーリーヘアに、とてつもなく短いスカート、長い長い脚をした女性だった。二人は街の方向に歩み去った。

「あれはジェームズだわ」アガサは叫んだ。「Uターンして！」

「すぐには無理だよ、アギー。次の交差点まで待たないと。中央分離帯があるから」

アガサはチャールズがUターンして、来た道を戻りはじめるのを辛抱強く待った。

そのとき、目の前にさびれた通りが現れ、街灯の光にジェームズが浮かび上がった。彼は女の体に腕を回していた。チャールズは徐行にまで速度を落とした。ジェームズと女性は角を曲がって横町に入っていった。チャールズは道のわきに駐車した。

「車を降りよう」彼ははしゃいだ声でいった。「そして二人がどこに行くかこっそりつけていこう。二人と対決したいなら別だけど」

「いいえ」アガサはあわてていった。「これも彼の調査の一部かもしれないわ」

「へえ、実に楽しそうな調査だな」チャールズはつぶやいた。「どういう調査？」

「売春宿を経営している昔なじみのコーディネイターが、ドラッグ取引をしているかどうか確かめたがっているの」

ジェームズとその連れは横町のマンションに入っていった。チャールズとアガサはそちらに歩いていき、建物の向かい側に立った。

「さて、これからどうしようか？」チャールズはたずねた。

二人は建物を見上げた。すると二階の窓のひとつで明かりがつき、舞台上の俳優を眺めているかのようにジェームズと女の姿が見えた。

女が何かいって笑い、短いジャケットを脱いだ。

ジェームズは彼女に近づいていって抱きしめるとキスをした。長く熱い抱擁だった。女は体を離すと、ブラウスのボタンをはずしはじめた。

ジェームズは窓辺に歩み寄り、ブラインドをぐいっと下ろした。

気がつくとアガサは全身がわなわな震えていた。

「ふーん、なるほどねえ」チャールズはいった。「思いがけない成り行きだな。嘆かないで、アギー。わたしの目に狂いがなければ、あれは売春婦だよ」

「売春婦にあんなふうにキスしないわ」アガサがつらそうにいった。

「ひと晩じゅうここに立っているわけにいかないよ。上がっていってドアをたたいて、ひと騒動起こしたい？」

「まさか。ただ家に帰りたいわ」

二人は車まで戻った。走りだすとアガサはいった。

「これで終わりね。もう彼に対して少しも気持ちが動かないわ。よくあんな真似ができるわね」

「仕返しかな？　気の毒に、彼はまだあなたとわたしがどんなふうにセックスしたか気にしているんだよ」

「あれとこれとはちがうわ」

「そうだろうな。あなたはわたしにお金を払う必要はなかったからね」

「あれは売春婦だってまちがいない？」

「ほぼ確実に」

「だけど、かわいかったわ」

「ここの売春婦はたいていかわいいよ。ルーマニアとかから来ているんだ」

〈グレート・イースタン・ホテル〉には女の子たちがいたが、バーはとても暗かったのでアガサはどの女性の顔もじっくり見ていなかった。

たぶんあの女は〈グレート・イースタン・ホテル〉の売春婦なのだろう。そしてジェームズはこうやってムスタファについての情報を手に入れようとしているのかもしれない。でも、それならお金を渡すだけでいいのに。あんなふうに彼女にキスする必要なんてないはずよ。アガサは涙も出てこなかった。

それっきりキレニアまで、二人とも黙りこくっていた。

アガサの車のところまで戻ると、チャールズはいった。「ナイトキャップをやりにホテルに来る？」

アガサは首を振った。

「おやすみのキスは？」

「いいえ、そんな気になれないの」

「涙で枕を濡らさないようにね。あなたはジェームズにはもったいないよ、アギー」

アガサは車から降りると、走り去るチャールズに手を振った。

それからヴィラに車で戻ると中に入った。悲しみは怒りに変わった。リビングを行ったり来たりしながら、戻ってきたジェームズになんといってやろうかと考えた。そもそも口をきいてやるべきかしら。わたしには指一本触れないくせに、あの娘にはあんなに情熱的にキスしていたなんて。

アガサは、誰にも見向きもされない哀れで孤独な老女になった気分だった。

それから、凍りついた気持ちのまま二階に行き、ネグリジェ――ジェームズを誘惑するために買ったサテンにレースをたっぷりあしらったもの――と、メイク用品、着替え、歯ブラシを小さな旅行用バッグに入れた。そして外に出て鍵をかけると、また車に乗りこみキレニアに戻った。

ちょうどイスラエルの観光客が遅いバス便で到着したところで、〈ドーム・ホテル〉のフロント周囲は混雑していたので、アガサは誰にも見られずにエレベーターに乗りこんだ。

アガサのノックに応えて、チャールズが部屋のドアを開けた。

「どうぞ入って。一杯飲んだら、あなたはスペアベッドで寝ればいい、アギー。復讐に駆られている女性とは愛を交わしたくないからね」

「あなたって本当にやさしいのね、チャールズ」泣くまいとして、アガサの声はかすれた。

「わたしのせいじゃない。あなたがとっても楽しい人だからだよ、アギー。バルコニーでワインを飲もう」

「こんなにお酒を飲んで肝臓がどうなっちゃうか心配だわ」

「もうじきカースリーに戻ったら、うんざりするほどハーブティーを飲めるよ」

二人はバルコニーにすわった。「どう対処したらいいかわからないの。どうするべきか頭がごちゃごちゃになってるのよ」

「じゃあ、何もしなければいい。わたしならそうするよ、アギー。迷うときは何もしない。ジェームズに姿を見かけたといったら、おそらくあなたの予想どおり、調査の一環だったと答えるだろう。そうしたら、あの娘にあんな熱いキスしていたじゃないかとあなたは怒鳴り、彼は本物らしく見せなくてはならなかったんだ、馬鹿なことをいうなと反論するだろう。結局、何もわからないままだよ。おまけに、わたしたちはジェームズが今夜帰ってこないものと予想しているが、今頃ヴィラに戻っているかもしれない。あなたは外泊したことをどう説明するつもりなんだ？」

「一人でいるのが怖かったから、ここに部屋をとったというわ」

「全部投げだしてしまったらどうかな、アギー？　何もかも収拾がつかなくなってるよ。カースリーに帰りたまえ。フラワーアレンジメントとか、安全なことをするといい。ローズが殺されたことは忘れるんだ。トレヴァーがやったのなら、酔っ払ったときにじきに白状するよ。そうしたらあなたは時間をすっかりむだにしたことになるだろう」

「どうしても犯人を見つけなくちゃならないのよ。この事件にはなんらかの狙いがあったはずよ。それに調べていれば、ジェームズのことを考えなくてすむし」

「今夜を境に、きみの心はたぶん永遠にジェームズから離れると思うよ」

「たぶんね。今日、容疑者たちを見かけた？」

「全然。パミールはまたあなたに話を聞きにくるだろう。あれほどの根気と忍耐を捜査に注ぎこんでいたら、彼はいずれローズを殺した犯人を見つけだせるんじゃないかな」

「これはわたしの威信にかかわる問題なのよ」

「ジェームズに傷つけられたから？」

「いいえ、殺人事件を解決することがよ。ジェームズったら、過去の事件を解決できたのは、わたしがへまをして捜査の邪魔をしたからだっていったのよ。そのせいで、オリヴィアに馬鹿にされたわ」

「どうしてもそうしたいなら、そうすればいい。もう遅い。そろそろ寝よう」

アガサはバスルームに行き、シャワーを浴びてネグリジェに着替えた。

アガサが出てくるとチャールズは目を丸くした。

「そのネグリジェを見ると、あなたにスペアベッドに寝るように提案したのを後悔したくなるよ。さ、ベッドに入って、アギー。わたしの気が変わらないうちに」

アガサはベッドにもぐりこんだ。頭を枕につけると、ふわっとめまいがした。もうお酒は飲まないわ、とアガサは思った。ジェームズが何をしていようとも。

チャールズがバスルームから出てきたあとで十五分は意識があったので、彼がアプローチしてくるのではと、アガサはベッドの中で身を硬くしていた。しかし彼は静かに自分のベッドに入り、うるさいいびきをかきながら、たちまち寝入ってしまった。こんなにきちんとしていて自分に満足している男が、どうしてこんなひどいいびきをかくのかしら？　とアガサは頭にきた。やれやれと思いながらベッドから出ると、彼の肩をつかんで横向きにした。

それから自分のベッドに戻ったものの、すっかり目が覚めてしまった。天井を見つめながら、ジェームズのことを考え、ニコシアのマンションの窓越しに見た鮮やかな光景を頭から追いだそうとした。やがて、いつのまにか眠りに落ち、翌朝九時まで目が覚めなかった。

チャールズは部屋を歩き回っていた。「ベッドを整えてバスルームに隠れていたほうがいいよ、これから朝食を注文するから。バルコニーで食べよう」

ゆうべの記憶が疲れた頭に甦ってきた。しかし彼女は顔を洗って服を着ると、ルームサービスが朝食を運んできて立ち去るまでバスルームで待っていた。

アガサはバルコニーにすわり、指でクロワッサンをちぎった。「ずっと考えていたんだけど」アガサはのろのろといった。「ヴィラに寄ったあとでニコシアに行って、イギリスに帰る許可をもらおうかと思うの」

「いい考えだ」

アガサは立ち上がった。「朝食はもういいわ。ディナーをはじめ、いろいろとありがとう、チャールズ。ケチっていって、ごめんなさいね」

「わたしのサービスの請求書を送るよ」

アガサは片手を差しのべた。「じゃあ、これでさようなら」

チャールズは生真面目な顔で握手した。

「コッツウォルズでまた会おう、アギー」


アガサはヴィラまで車を走らせた。ふいに冷静になるのを感じた。ジェームズが何をいうか、どういう態度をとるか、アガサには想像がついた。威厳を失わずにいよう。わめいたり、叫んだりしないようにしよう。

今日もよく晴れた日で、かすかに風が吹いていた。

アガサは深呼吸すると、ヴィラに入り「ジェームズ！」と呼びかけた。

返事はなかった。いつもテーブルに積み上げられている彼のノートパソコンと調査資料と本がなくなっていた。アガサは外に飛びだしていった。彼の車もなくなっている。到着したとき物思いにふけっていたせいで、まったく気づかなかったのだ！

アガサはまた家に入っていき、彼の部屋に上がっていった。クロゼットは開いていて、空のハンガーがあるだけだった。そのとき、アガサの名前を書いた封筒が枕の上にあるのに気づいた。

アガサは封筒を開けた。

「アガサへ」彼女は読んだ。「調査のためにしばらくトルコに行くことになった。この家賃はあとひと月分支払ってある。ゆうべ、きみを待っていたが帰ってこなかったので、たいして想像を働かせるまでもなくどこにいたかは推測がつく。さようなら。ジェームズ」

アガサはベッドにすわりこんで、空っぽの部屋を見回した。よくジェームズはトルコに行けたわね。島を出るなと容疑者全員が指示されていたのに。

パミールに電話するべきだった。というか、遅かれ早かれジェームズがどこに行ったのかと訊きにくるだろうから、今のうちに連絡しておいたほうがよさそうだ。

アガサは階下に行った。ハンドバッグからノートをとりだした。そこにパミールの電話番号をメモしてあったはずだ。

パミールが電話に出ると、アガサはジェームズがトルコに行ったことを話した。

「どうしてそんなところに行ったんですか?」パミールは語気を強めてたずねた。

乗りかかった船、とアガサは心の中で思った。

「昔のコーディネイターのムスタファに腹を立てていたのよ。最初に手配されたヴィラでごまかしをされたことを償わせ、おまけにドラッグ取引をしていることも証明したがっていたわ」

「われわれに相談するべきでした。すでにムスタファについては捜査中だと教えてあげられたんですが」

「あなたに知られずにどうやって島を出たんでしょう?」アガサはたずねた。

「簡単ですよ。トルコは海を渡ればすぐです。釣り船かプレジャーボートかヨットを雇ったんでしょう」

「何も手を打たないつもりですか?」

「彼を捜しますよ、そのことでは安心していてください。くれぐれも彼の真似をしないように、ミセス・レーズン。さもないとわれわれも黙っていませんよ」

「ともかく、あなたにお会いしたいと思っているんです。家に帰りたいので」

「他の容疑者も同じですよ。まだだめです、ミセス・レーズン」

「いつまで？」

「まもなくだといいんですが」

「ジェームズの居場所を見つけたら、教えていただけるかしら？」

「全力を尽くしますよ」

そして電話は切れた。北キプロスに閉じこめられたのだ。

電話が鳴った。アガサは受話器をひったくるようにとった。

「ジェームズ？　いったいどこにいるの？」

「ジェームズじゃないよ。チャールズだ」

「あら」

「出発するのかい？」

「いいえ。ジェームズがいなくなったの。トルコに行方をくらましたのよ。これからどうしたらいいかしら？」

「実は、容疑者たちが今日サラミスに出かけたんだ」

「それ、何なの？」

「ファマグスタの近くにあるんだよ。昔はキプロスの主要都市だった。サラミスの隣にあるシルバー・ビーチで、まず泳ぐらしい。水着を持ってきて、容疑者たちを見張るかい？」

「それもいいかもしれないわね。他にやることもないし」

「わたしを迎えにきてくれ。今度はあなたがガソリン代を負担する番だ。そしてピクニックランチも持ってきて」

「わかったわ。だけどワインはなしよ。休肝日が必要だわ」


アガサはまずガソリンスタンドに行き、それからスーパーマーケットに行った。パン、チーズ、オリーブ、鮭缶、レタス、トマト、ピーマン、ケーキ、それに地元のワインを一本買った。ヴィラを出る前にすでにお皿とグラスを積みこんでいた。さほどわくわくするランチとはいえないけど、チャールズが気に入らなければ、わたしにレストランでランチをごちそうしてくれればいいのよ、とアガサは思った。

チャールズは〈ドーム・ホテル〉の外で待っていた。

「一時間ぐらい前に出発したんだ、アギー。だけど立ち聞きした会話だと、丸一日向こうで過ごす予定みたいだよ」

またもや山を越え、ファマグスタ・ロードに入った。「あなたのガイドブックを貸して。わたしがサラミスについて教えてあげるよ」アガサがヘアピンカーブと格闘していると、チャールズはそういった。

「ハンドバッグの中よ」

チャールズは本をひっぱりだした。「ずいぶん歴史がある町なんだな。ええと。伝説によると、この都市は、ホメーロスの叙事詩で描かれた英雄テウクロスがトロイアから紀元前一一八〇年にギリシアの島サラミスに帰還した際に、父親であるテラモン王に追放されて建設した。あとはええと、その他もろもろ。ふう、あくびが出るよ。残りは自分で読んでくれ。水着は持ってきたかい？」

「服の下に着てきたわ」

「さて、ひと泳ぎしてピクニックランチを食べたら、他の連中を探そう。こんな暑い日に廃墟を歩き回りたがるかな。頑丈な靴、長い靴下、頭を覆うものを強く推奨する、と書いてあるよ。廃墟のわきに停められるけれど、まず浜辺に停めて、他の連中がすでに廃墟に行っているようだったら、そこまで徒歩で行こう」

シルバー・ビーチは、細長いゆるやかな勾配のある砂浜が地中海のブルーグリーンの海に溶けこむように広がっていた。

二人は服を脱いで泳ぎに行った。アガサは仰向けになって波間に浮かび、顔に太陽の温もりを感じていた。今日は完璧だった。殺人事件や大騒ぎから遠く離れた世界。チャールズは本当はわたしのことをどう思っているのだろう、どうしてわざわざ、わたしといっしょに過ごそうとするのかしら。ジェームズとの冷えきった関係にすっかり意気阻喪《いきそそう》して、もはや自分といっしょに過ごしたがる男性がいるとは思えなくなっていたのだ。

アガサは体の向きを変えて顔を水につけると、浜辺めざして泳ぎだした。急におなかがすいてきた。

アガサがぱっとしないピクニックランチを浜辺に敷いた布の上に広げていると、チャールズがやって来た。トランクス型の水着姿で、とてもきちんとして見えた。

「日焼けしないの？」アガサは彼の白くてなめらかな胸を見ながらたずねた。

「日焼けしたことがないんだ。理由はわからないけど。分厚いイギリス人の皮膚を持っているのかな。何を用意してきたんだい？　おっと。その鮭缶にはイギリスの缶切りを持ってきたよね、アギー。トルコ系キプロスの缶切りじゃ開けられないんだ」

しかしアガサは地元の缶切りしか持っていなかった。案の定、鮭缶の縁を滑るだけで、まったく役に立たなかった。

「パンとチーズなんかはあるわよ」アガサはふくれっ面でいった。「それにケーキも買ってあるわ」

「あそこにレストランがある」

「あっそう、わかったわよ」アガサはうめいた。「またこれを全部包み直して、夕食に食べるわ」

それから体をふいて水着を服の下で脱ぐと、濡れて塩のついたお尻にパンティをはく、という軽業的なことを演じた。チャールズは大きなビーチタオルを腰に巻いて水着を脱ぐと、アガサのような悪戦苦闘はまったくせずに下着とズボンとシャツを身につけた。

手をつけなかったピクニックランチと水着を車にしまうと、二人はレストランに向かった。

そのうち警察に停められ、呼気検査をされるとアガサが反対したにもかかわらず、チャールズはワインを注文した。

「制限速度を守っていれば大丈夫だよ」チャールズはいった。「ともかく、食後に浜辺で昼寝できるんだし」

「どうしてここに来たかを忘れてるわよ。他の連中を探すためでしょ」

「後回しだ。せっかくの一日をだいなしにするのはやめよう」

アガサはケバブを食べながら浜辺を眺めた。穏やかな風景が広がっていた。海はクリスタルのように透明だった。下水はどこに流しているのかしら、と思った。それからふいにジェームズに対する恋しさが波のように押し寄せてきた。どうしてあんなふうに一人で行ってしまったのかしら？　わたしは本当の彼を知っているのかしら？

「いずれカースリーに現れるよ。気がすむまでスパイごっこをしたあとで」彼女の考えを読みとったかのように、チャールズがいった。

「かもしれないわね」アガサは力なく笑みを浮かべた。「もう食べられないわ。煙草を吸ってもいいかしら？」

「もちろん。それから、わたしにも一本恵んでほしいな」

「自分で買わないの？」

「ああ、自分で買ったら煙草を吸うと認めることになるからね。それに、喫煙者はたいてい煙草をあげたがるものなんだ。自分と同じように他人も中毒にしたがるんだよ」

「あなたにはあげないほうがいいかもしれないわ」

チャールズは身を乗りだすと、彼女のパッケージから一本抜きとり火をつけた。

「そろそろ、コーヒーを頼もうか」彼はいった。「それから容疑者たちを探しに行こう。あなたが首を突っ込むとトラブルになると全員が思いこんでいるらしいのは、ちょっとおかしくないか？　もしかしたら犯人があなたに警告して手を引かせたがっているのかもしれない」

「たぶんね。誰かにまた襲われるんじゃないかって怖いわ。彼らのなかの一人はわたしを本気で殺そうとしたわけだし。ジェームズったら、こういう状況でわたしを一人で放っておくなんてひどいわ」

「わたしがついてるよ」

「そうね、でも……」

「わたしがふざけてばかりだからかな。癇癪持ちの人間はたいてい重苦しい性格だよ」

「ジェームズは癇癪持ちじゃないわ！」

「ま、そういうことにしておこう」

アガサはジェームズのことを思った。彼女がここに来てから、たしかに彼は何度も癇癪を爆発させている。だけど、殺人事件に巻きこまれたら、誰でも不機嫌になるわ、とアガサは弁解して、ジェームズが不機嫌になったのは自分が彼を追いかけてきたからだ、という考えを振り払おうとした。

「ここはわたしが支払うことになるんでしょうね」アガサはいった。

「うん、ごちそうさま」

「あなたはやっぱりケチね」

「ちがうよ、アギー。わたしは二十一世紀の男なんだ。あなたは平等を求めているし、それは平等に支払いをするってことだ。嫌味をいうのをやめてくれたら、今夜ディナーに招待するよ」

「ジェームズが戻ってくるかもしれないわ」

「まずないだろう。さて、この浜辺からは古い港にしか出られない。あなたのガイドブックをちょっと調べたんだけどね。少し車で走ってみたほうがいいかもしれないな」

「お昼寝はなし？」

「うん、ばっちり冴えてるよ」

二人は遺跡を走り回り、古い円形劇場のかたわらに駐車した。ぼろぼろのスポーツジャケットを着た髭を生やしたガイドが、ちょうど観光客グループをツアーに案内しようとしているところだった。「わたしはアリ・オゼルです」彼は二人に手を振って自己紹介した。「よかったらツアーに参加しませんか」

「ご親切にどうも」チャールズがいった。「実は友人たちを探しているんです」

「見かけたかもしれません」アリがいった。「どんな人たちですか？」

「一人は中年女性で、やせていて傲慢で威圧的なしゃべり方をする人。四人の男性といっしょです。一人は彼女の夫で、やせて顔色が悪く物静か。友人のハリーは年配の農場主で後退しかけた白髪頭をしています。アンガスはスコットランド人でそれを自慢にしていて、外見はハリーに似ているかも。トレヴァーは金髪で分厚い唇、太鼓腹、汚いピンク色に日焼けしていて、けんかっ早い感じがします」

アリはおもしろそうに目を輝かせた。「本当にあなたのご友人たちなんですか？たしかにそういう人たちを一時間ほど前に見かけましたよ。しかし、それっきり姿を見ていません」

「わかりました、ありがとう。自分で探してみます」チャールズはアガサの腕をとり、サラミスの廃墟に入っていった。

二人は廃墟の中をうろつき回った。チャールズは四十四人がすわれる間仕切りのない便所にとても感銘を受けたようだった。さまざまな色の休暇用の服を着た観光客たちで、廃墟は色鮮やかだった。太陽がじりじり照りつけていた。アガサはやっと連中を見つけたと思ったが、そのグループはまったくちがう人々だった。

屋内競技場の高い柱が青い空を背景に誇らしげにそびえ立っていた。チャールズはどうしてサラミスに来たのかを忘れてしまったかのように、アガサのガイドブックを熱心に利用して、あちこち歩き回り、すべてのものをうっとりと眺めた。

サラミスには廃墟がたくさんあったので、二人は広い範囲を歩き回った。アガサは疲れてきて、どこか日陰に腰をおろして休み、チャールズを待っていたくなった。ただ、オリヴィアや他の連中が近くにいるときに、一人きりにはなりたくなかった。

二人は先に進み続け、チャールズがガイドブックに載っている王の墓を観たいといいだした。地図によると、それはファマグスタの幹線道路のほうにあった。「戻って車で行ったほうがよさそうだ」チャールズがいった。

二人は駐車場まで歩いていき、車で墓に向かった。博物館でチケットを買ったが、そこはかなりほこりっぽい小屋で、戦車や棺のレプリカが置かれていた。二人は博物館を出発して、墓に向かった。

いちばん近い墓には広くてゆるい傾斜路があり、入り口に二頭の馬の骸骨が飾られた埋葬所に通じていた。王が埋葬所に安置されたあとで、動物が火葬にされたのだ。王や貴族が埋葬された墓は紀元前七世紀から八世紀のもので、彼らは馬や戦車、お気に入りの奴隷、食べ物やワイン、その他死後の世界で必要な品々といっしょに埋葬されていた。

百五十ある墓のうち五十番目の墓に着いたとき、アガサはもう一歩も歩けないと思った。ちょうどそのときアリ・オゼルが観光客の一団を率いて現れた。

「お友だちを見かけましたよ」彼はいった。

「どこで？」アガサはたずねた。

「屋内競技場のほうです。五人とおっしゃっていたが、四人しかいませんでした。で、五人目の人がいなくなったといって探していました」

「行ったほうがいいわ」またエネルギーがわいてきて、アガサはチャールズにいった。

二人は駐車場に戻り、屋内競技場に車を走らせた。数人の観光客しかおらず、オリヴィアたちもいなかった。柱が屋内競技場に長い影を落としはじめていた。

「駐車場に戻ろう」チャールズがいった。「彼らをつかまえられるかもしれない」

しかし、駐車場に行かないうちに、入り口でオリヴィアの声が別のガイドにたずねているのが聞こえた。「彼を見かけませんでしたか？」

アガサとチャールズは彼女に近づいていった。夫のジョージ、それにトレヴァーとアンガスが少し離れて立っていた。

「何があったの?」アガサがたずねた。

オリヴィアがぱっと振り返った。「ハリーがいなくなったの」

「あなたたちといっしょだったんでしょ?」

「もちろんそうよ。でも、浜辺のほうに散歩に行ったの。ローマ風のヴィラがあって、その先の十字路から海辺に出る道が延びているんだけど、彼はどういう浜辺か見たいといいだした。そこで、わたしたちはそれぞれ好きなものを見るために別の道を行くことにして、しばらくしてから屋内競技場で落ち合うことにしたの。彼が現れなかったので浜辺に行ってみたけど、姿はなかったわ。で、範囲を広げて捜して、また屋内競技場に集まることにした。というわけで、今ここに来たんだけど、誰もハリーを見つけられなかったの。わたしは疲れているし、一日じゅうここに足止めされるのはごめんよ」

「殺人事件の関係者の方たちですね」ふいにガイドがいいだした。「テレビであなたを見ましたよ」

オリヴィアは彼を無視したが、アガサはガイドが小さなオフィスに入っていって受話器をつかむのに気づいた。

「もう一度浜辺を捜してみよう」チャールズがいった。「気づかなかったのかもしれない」

「だけど何キロもあるのよ」アガサがうめいた。

「じゃ、ここで待っていたまえ」チャールズがいった。「わたしが一人で行くよ」

「ううん、わたしもいっしょに行くわ」彼らの一人に殺されかけたのかもしれないのに、ここに残っているのはいやだった。

二人が出発したとき、太陽はかなり低くなり、観光客の姿はほとんどなくなっていた。通りかかったアリがたずねた。「どうでした？」二人は首を振り、十字路まで来た。

「捜すのが簡単になってきたな。ほとんどの人が浜辺から引きあげたから」

二人は狭い道を浜辺へと駆けおりていった。アガサはハリーを見つけたいという気持ちで疲れも吹っ飛んでいた。

浜辺にはほとんど人影がなかった。ヨットが一隻海上で揺れている。海は凪ぎ、砂に小さな波が打ち寄せているだけだった。

そのとき浜辺の先に横たわっている人影が見えた。体の上半分はほぼ新聞紙で覆われていて、かすかな風に紙がパタパタはためいている。

チャールズが指さした。「彼かな？」

「行って確かめたほうがいいわ」アガサは先に立って浜辺を歩きはじめ、チャールズはそのあとに続いた。

「眠っているみたいだな」チャールズはいった。「あれはハリーの足だと思うかい？」

「ハリーの足がどんなふうだったかなんて覚えてないわ。さてと」

アガサはかがみこんで、男の顔と上半身を覆っていた新聞紙をそっとめくった。それはトルコ系キプロスの新聞〈キブリス〉だった。

ハリーのシャツの前身頃に広がる大きな赤い染みを見るまでもなく、すぐに彼が死んでいることはわかった。顔は粘土のように生気がなかった。何者かが彼の目を閉じてやっていた。

これまでに二度命を狙われた恐怖が改めてよみがえったのと、長くて暑い一日だったせいで、アガサは気持ちが悪くなり、めまいがして気が遠くなった。砂の上にすわって、膝のあいだに頭を下げた。

「そこにいて」チャールズがせっぱつまった声でいった。「助けを呼んでくる」

アガサはハリーの死体のかたわらにすわりこんだままでいた。女性が小さな子に手を引っ張られながら通り過ぎていった。彼女は足を止めて振り返り、死体とシャツの醜い赤い染みを見て口をポカンと開けた。それから子どもを抱えあげると、声を限りに悲鳴をあげながら浜辺を駆けだしていった。

アガサは動かずにじっとしていた。頭がぼうっとして何も考えられなかった。遠くから警察のパトカーのサイレンが聞こえてきた瞬間、どっと疲れを覚えた。

それから人々に囲まれているのを感じた。チャールズが語気を荒らげていっている。

「彼女がショック状態なのがわからないのか？　死体を発見したとき、わたしは彼女といっしょだったんだ。わたしが代わって質問に答えるよ」

チャールズはアガサを助け起こした。彼女はまばたきして、くらくらしながらあたりを見回した。

パミールが深刻な顔つきで立っていた。「サー・チャールズとこっちに来ていただけますか？　二、三、簡単な質問をしたいんですが」

チャールズに背中を支えてもらいながら、アガサは浜辺を歩いていった。

「さて、ここにすわりましょう」パミールはいった。「あなたからお願いします、サー・チャールズ」

そこでチャールズは辛抱強く二人の一日を語り、ハリーを発見したことでしめくくった。

怯えた小さな声で、アガサは同じ話を繰り返した。

「もう行ってもいいですよ」パミールはいった。「あとでお訪ねします」

「ヴィラでミセス・レーズンに付き添っています」チャールズはいった。

アガサはジェームズがいるかもしれないといいたかったが、ひどく弱っていてショックが激しく、抗議する気力もなかった。

チャールズは自分が運転していこうといった。彼女は車がキレニアに向かって走りだすとぐっすり眠りこみ、〈ドーム・ホテル〉の外に停まったときにようやく目を覚ました。

「そこで待っていて」チャールズはいった。「荷物をとってくる」

チャールズはヴィラに引っ越してくるつもりなんだわ、と思ってアガサはパニックになった。ジェームズが自分を待っていてくれるかもしれないという期待をまだ捨てられずにいたのだ。

その日の鮮やかなイメージが頭の中で渦巻いていた。廃墟、昔の墓の残虐さ、ハリーのぴくりとも動かない死に顔と太陽を仰いでいる閉じられた目。誰が目を閉じたのだろう？　殺人犯にちがいない。

アガサはハンドバッグを探って煙草を見つけ、火をつけた。カースリーのみんなは何をしているのかしら？　わくわくすることがないと馬鹿にしていたあの眠ったようなカースリーの村では。牧師館を懐かしく思い返した。ミセス・ブロクスビーがお茶とスコーンを出してくれ、みんなは暖炉の火のそばにすわり、村の安全で安心なできごとについておしゃべりをしているだろう。またわが家を拝めるのかしら？　殺人犯は二度わたしを殺そうとして失敗したけれど、三度目には成功するのかしら？　アガサは身震いした。ヴィラで一人で過ごさなくてすんでほっとしていた。まったくジェームズって、思いやりのない利己的な男だわ。わたしを守るために付き添っていてくれるべきなのに。そう、彼はそんなことを考えてもみなかったのよ！　わたしが二度も命を狙われたのに、彼はさっさと出かけてしまった。わたしを一人にして。わたしのことなどどうでもいいのだ。じゃなければ行かなかっただろう。アガサに対して少しでも気持ちがある男性なら、こんな危険な状況に置き去りにするとはどうしても思えなかった。

チャールズがホテルから出てきた。高級なスーツケースをふたつ運んでいて、それをトランクに入れた。

彼は運転席に滑りこんだ。

「ずいぶん親切なのね」アガサはいった。

「そういわれればそうかな。でも、あなたのおかげでホテル代が節約できたよ」

夜はそのあと悪夢のように過ぎていった。パミールが八時にやって来て、二人からまた話を聴取した。パミールの怒りはふくらんでいるようだった。外ではマスコミ連中が熱心に待ちかまえていた。南部の殺人事件はもう古いニュースになったのだ。

やっとパミールは帰っていった。

「外に出たらマスコミにつきまとわれるだろうな」チャールズがいった。「ドアをドンドンたたいている。ほら、また、たたいた」

しかし誰かが叫んだ。「イギリス高等弁務官事務所です」

チャールズが立っていき、マスコミのカメラに一斉にフラッシュをたかれて目をパチパチしている小柄でこざっぱりした男を中に入れた。

彼はミスター・アーカートだと自己紹介して、警察に協力するようにというアドバイスをしたので、「いわれるまでもないですよ」とチャールズに皮肉っぽく切り返された。それからジェームズ・レイシーについてアガサにあれこれ質問を始めた。どこにいるのか？　トルコか？　まちがいないか？　まだ島にいる可能性はないのか？

「いたとしても、サラミスにいて、気の毒なハリーを殺したりはしていなかったわ」

「実に不運なことです」ミスター・アーカートはいった。「警察はミセス・ウィルコックスの遺体を返し、全員をイギリスに帰そうとしていたところなんです。ところが今回の殺人事件で、まだ誰も帰さないほうがいいと考えているにちがいありません」

それからまたジェームズについてアガサに質問したが、ジェームズはトルコに行くといっていた、とアガサは繰り返すばかりだった。ジェームズがムスタファを調べていることについては何もいわなかった。

とうとうミスター・アーカートはフラッシュの嵐の中、ヴィラから帰っていった。ヴィラの外から、テレビレポーターがカメラに向かってしゃべっている声が聞こえてきた。

「もうベッドに入りたい？」チャールズがたずねた。「それともまず何か食べようか」

「家には食べ物がもうあまり残ってないの。ピクニックの余り物も食べたくないし。また電話が鳴っている。出たほうがいいかしら。ジェームズかもしれないわ」

「まずありえないな。おなかがすいたな。ランチのときにあのちっぽけなケバブを食べただけだから、おなかがもたないよ。こうしよう。裏口から外に出て、庭の塀を乗りこえたらシーフード・レストランの駐車場だ。あそこのボラに似たおいしい小さな赤い魚が好物なんだ」

「マスコミに見つかるわ」

「それはないよ、絶対」彼は小さな洗濯室の隣にある裏口ドアを開けた。「ここに来て、アギー。こっそり建物の角を回って、塀を乗りこえればいいんだよ。絶対見つからないって。あのミモザの大きな茂みが目隠しになってるから」

にぎわったレストランで他の人々といっしょにいるという考えに、アガサの心は動いた。

二人は外に出てそっとドアを閉めると、ヴィラの庭と駐車場を隔てている低い塀を乗りこえた。

「あとは、マスコミ連中が夕食にやって来ないことを祈ろう」チャールズはいった。「だけど、もうしばらくヴィラの周りに張りついていてから〈ドーム・ホテル〉に戻って、オリヴィアとジョージに話を聞こうとしている仲間と合流するんじゃないかと思うよ。もしかしたらオリヴィアがまたマスコミ会見を開くかもしれないぞ。あとは、いったい誰がハリーを殺したいと思っていたのかってことが問題だな」

「ハリーは誰がローズを殺したのかを知ってしまったにちがいないわ」アガサがいった。「きっと、ハリーもローズと同じ方法で殺されていることが判明するはずよ」

「たぶんね。そしてその誰かさんは追いつめられていたにちがいない。残りの四人のうちの誰かだとしたら、よほど怯えてハリーを殺したんだろう。これで自分たちが容疑者になり、ローズの事件のときのように、頭のおかしくなったトルコ人の犯行説はもう検討されなくなると承知していたはずだからね」

「ジョージ・デブナムのことをずっと考えていたんだが」とチャールズが外科手術のような正確さで小さな魚の骨を手際よくとり除きながらいった。「どうして彼はローズといちゃついたんだろう？　そういうタイプに見えないよ」

「ビル・ウォンから手に入れた情報によれば、ジョージは株で大きな損失を出したみたいよ。そのことをいったかしら？　ローズは大金持ちだったの」

「しかし会ったばかりだろう。つまり、ローズがこんなふうにいったはずがないよ。『ねえ、わたしはお金持ちなの。わたしといっしょにいたら、あなたをお金持ちにしてあげるわ』」

「そこまで露骨にはいわなかったでしょうね」アガサが考えこみながらいった。「だけど、お金があることを冗談交じりにほのめかしたかもしれない。ううん、トレヴァーが嫉妬したのよ。わたしは怒りがこの殺人事件の動機だと思うわ。トレヴァーはローズをふしだらといったハリーを殴ろうとしたと、あなた、いってたでしょ」

「ディナーのあとで、みんながどうしているかホテルに見に行く？」

アガサは身震いをこらえた。「食事をすませたら、もう寝たいわ。こんなふうに事件を放りだしたくなったのは初めてよ。早くカースリーの家に帰りたくてたまらないわ」

「食事を終えたんなら、そろそろ行こう」チャールズがレストランのドアのほうを見ながらいった。「マスコミがやって来た。急いで」

彼はテーブルにお金を放りだした。二人はテラス席にすわっていたので、テラスの柵を越えて下の茂みに下りると、慎重に駐車場へ向かった。アガサは毒ヘビは山にだけいるというレポートが本当ですように、と祈った。

二人はマスコミに見られずにヴィラまで行き着いた。「わたしに先にお風呂を使わせて」アガサがあくびしながらいった。

「いっしょのベッドで寝るかい？」

「だめよ、チャールズ。わたしはゆきずりのセックスをするには年をとりすぎてるわ」

「ふうん、気が変わったら……わたしの居場所はわかってるね」

アガサは夜中に震えながら目を覚まし、キルトを見つけてきて体にかけた。天候が変わりはじめていた。長い夏は終わったのだ。

翌朝、警察の車がやって来て二人をニコシアの警察署に連れていった。アガサはうめいた。「パミールはまだ何か訊くことが残ってるのかしら?」

「きのうはトレヴァーがハリーを殴ろうとしたことは警察にいわなかった。でも、話すべきだと思う。だって、あの連中のことはほとんど知らないうえに、好意も持ってないしね」

「だからパミールはわたしたちに繰り返し供述させているのよ」アガサはぐったりしながらいった。「毎回、少しずつ新しいことを聞けるもの」

二人が警察署に着くと、すでにオリヴィア、ジョージ、アンガス、トレヴァーが供述をとられるのを待っていた。ジョージの日焼けした顔は青ざめ、ひきつっていた。トレヴァーは茫然としていた。アンガスはぐっと老けこんで見えた。オリヴィアも今日ばかりは、社交辞令も口にせず黙りこくっていた。

アガサとチャールズが入っていくと、彼らはうさんくさそうにこちらをちらっと見たが、何もいわなかった。

アガサとチャールズはすわって待った。沈黙が続き、三十分後にパミールがやって来ると、彼らにうなずきかけて奥の部屋に入っていった。「病院で待っているみたいだ」チャールズがいった。

ジョージ・デブナムがまず最初に呼ばれた。午前中が過ぎていき、戸外の明るい日差しは室内の重苦しい憂鬱をあざ笑っているかのようだった。

アガサが最後に呼ばれた。

「さて、ミセス・レーズン……」パミールが口を開いた。

「わかってます、わかってます」アガサはうんざりしながらいった。「また最初からすべて話さなくちゃならないんでしょ」

「その前に、ミセス・レーズン、あなたがこの殺人事件を引き起こしたとは思いませんか？」

「どうやって？　なぜですか？」

「サー・チャールズから、あなたたちがサラミスに行ったのは他の人々を見つけて、素人探偵を続けるためだったと聞きましたが」

「ええ……そうです。でも殺人事件が起きるまで、あの人たちの誰とも会わなかったのよ」

「しかし、彼らはあなたを見かけたかもしれない」

「他の日にはいつもわたしと会っていたのよ、それとどうちがうんですか？」アガサはいらいらしてたずねた。「それに、わたしとチャールズがいなかったら、翌日まで死体を見つけられなかったかもしれないわ。そのときにはもう殺人犯が戻ってきて死体を海に流し、釣り船か何かで島を去るというハリーのメモをでっちあげたかもしれない。そうしたら、あなたたちは何もつかめなかったでしょうね」

「きのう、浜辺と廃墟にいた人々全員に出頭してくれるように頼みました。何か目撃している人がいるかもしれない。では最初から……」

それでアガサは語った。暑さと廃墟の鮮やかな記憶が頭によみがえってきた。

それからアガサはいった。「あの人たちの一人がハリーを殺したのなら、みんなが別々の方向に行ったすきにこっそり浜辺に戻ってきたにちがいないわ。それにしても、ハリーを捜しているあいだに、どうして浜辺にいる彼を見つけられなかったのかしら?」

「ミスター・テンブルトンが浜辺に行ったあと、一時間後に室内競技場で落ち合うことになっていたそうです。ミセス・デブナムはバシリカ教会堂を観に行った。ミスター・デブナムは室内競技場に戻りたかったので、すわって休憩し、みんなを待っていた。ミスター・ウィルコックスはしばらく一人になりたかったといっている。そしてミスター・アンガス・キングは墓を観に行った。全員が浜辺を捜したが、観光客が多かったのでミスター・テンプルトンを見つけられなかったそうです」

「じゃあ、犯人はあの人たちの誰であってもおかしくないわけね」アガサはいった。

パミールはアガサをじっと見つめてから、椅子に寄りかかった。「あるいはあなたでもね、ミセス・レーズン」

「わたし？　どうして？　ろくに彼らを知らないのよ。ここに来るまで、あの人たちのことはまったく知らなかったわ」

パミールは体を乗りだした。「こんなふうに推測できませんかね？　あなたくらいの年になると、女性は少々頭のタガがはずれるんです、ミセス・レーズン。あなたは仕事をやめてから、目立ちたい、注目を集めたい、と望んでいたように思えます。それで素人探偵を始めたのでしょう。もしかしたら殺人事件が起きなかったので、自分で作りだそうとしたのかもしれない」

「荒唐無稽だわ」アガサは吐き捨てるようにいった。

「たぶん。しかし殺人というものはそもそも荒唐無稽なんです。あなた自身の行動もずっと常軌を逸している」

「でも、わたしは殺されそうになったのよ――二度も！」

「どちらの殺人未遂にも目撃者がいません。あなたの証言だけしかないんです。あなたはジェームズ・レイシーを追ってキプロスにやって来た。だからあなたが恋愛の対象として彼を見ていることは周知の事実だ。しかし、あなたは彼とヴィラで暮らしはじめたあとで、イスラエル人ビジネスマンとのディナーデートを承諾し、彼の妻が現れなかったら、それがどう発展していたかは知るよしもない。さらにサー・チャールズと寝た。ここが寛容な社会だということは承知しています。しかしイギリス出身の中年女性のそうしたふるまいはきわめて異例です」

「冗談じゃないわ！」アガサは怒鳴った。

「冗談なんかじゃありませんよ、わたしはとても腹を立てているのですから。北キプロスは非常に犯罪率が低いのです。地中海でもっとも安全だから、観光客がここにやって来る。この殺人事件が解決されるまで、あなたたち全員をすべての元凶として、ここに足止めするつもりです。ここにはきちんとしたイギリス人在住者がいて、島の文化的生活に貢献してくれているんです、ミセス・レーズン。彼らはまったくトラブルを起こさない。あなたたちが来るまで、こういう事件は一度も起きなかったんです」

「侮辱するつもりね。いい、あなたはまちがった見方をしているのよ。トレヴァー・ウィルコックスはどうなの？　彼のビジネスが傾いているのに、ローズは夫に出資しようとしなかった。彼はこれで救われたのよ。たぶんローズの遺産を相続するでしょうから。それにジョージ・デブナムは？　彼も借金まみれよ」

「どうやってそういうことを探りだしたんですか、ミセス・レーズン？」

「彼らが話してくれたわ」アガサは小声でいった。

「あなたに自分から話したとは！」

「まあ、そんなところね」

「信じませんよ。イギリスにいる誰かからその情報を探りだしたんだと思います」

汗をかきながら、〈ドーム・ホテル〉の支配人がミルセスター警察へのファックスの件をしゃべっていなければいいが、と祈った。この部屋から、この容赦のない尋問から、更年期のせいで頭がおかしくなって刺激を求めているといわんばかりの屈辱的な非難から、一刻も早く逃げだしたかった。

パミールはそれからまた話を繰り返させた。もし隠したいことがあっても、この情け容赦ない尋問のあいだにばれてしまうだろう、とアガサは覚悟した。

ようやくアガサは解放された。チャールズ以外の人々は帰ってしまっていた。

「げっそりしているようだね」チャールズがいった。「搾られたのかい？」

「ひどかったわ。殺人の罪までなすりつけられそうになったわ」

「どうして?」

「わたしは更年期のせいで頭がおかしくなり刺激を求めていて、調べる殺人事件がないから自分で作りだしたんですって」

チャールズの目が楽しげにきらめいた。「そいつは滑稽だな」

「笑いごとじゃないわ」アガサは憤慨した。

秘書が出てきて、家まで送る車が用意できたと伝えた。車中で二人は黙りこくっていた。アガサはローズとハリーを殺した犯人をどうしても見つけなくてはと思った。さもないと頭のおかしい女という烙印《らくいん》を永遠に押されてしまうだろう。

ヴィラに着くと、幸いマスコミはいなかった。アガサはちょっと横になって読書をしたいといった。

破たんした結婚生活のごたごたを描いた小説に集中しようとしたが、とうとう不安のあまり読み続けることができなくなった。

部屋から出てくると、チャールズはどこかに出かけていた。ヴィラに一人きりでいたくなくて、アガサは自分のレンタカーでキレニアに行き、郵便局の裏に駐車した。メインストリートの店をのぞきながら歩いていくと、左に曲がり角を見つけた。最初にジェームズを見つけ、ビラルと出会った場所だ。通りを曲がりながら、ビラルはクリーニングの仕事をしているだろうかと思った。

戸口に立っているアガサを見つけると、彼は仕事の手を休めてやって来た。

「ミセス・レーズン！」彼は叫んだ。「ちょうど電話しようと思っていたところです。お元気ですか？」

「がっくりきているわ」アガサはいった。

「ひどい事件ですね」ビラルはいった。「コーヒーでも？」

「ええ、ありがとう」

彼は店の外に椅子をふたつ並べ、木製の箱をテーブル代わりにした。そしてトルコ　コーヒーのカップをふたつと水のグラスをふたつのせたトレイを持って戻ってきた。

「大家がオーストラリアからわたしとジャッキーに電話してきたんです」ビラルはいった。「ミスター・レイシーに電話をしてほしいといってました」

「そのことで電話しようと思ってたの。ミスター・レイシーはトルコに行っているのよ。今月の賃貸契約が切れたあともまだここにいたら、もうひと月分わたしが支払うわ」

「どうしてミスター・レイシーはいなくなったんですか？　この島を出てはいけないことになっていたと思いますが」

「黙っていなくなったの」アガサはいった。ふいに涙があふれてきた。ああ、ジェームズ、どうしてそんな真似をしたの？　どこにいるの？

ビラルがきれいなハンカチーフを渡してくれ、アガサが洟をかむのを同情をこめて眺めていた。そのまなざしには思いやりがあふれていたので、アガサは気がつくとすべてを語っていた。

「ここの警察はとても優秀です」ビラルはいった。「イギリスの警察にも負けませんよ、ミセス・レーズン」

「アガサと呼んで」

「では、アガサ、息抜きをしたらどうですか？　泳いだり観光したりして、犯人を突き止めようとするのをやめるんです。あなたの命が危険にさらされているんですよ。事件からは距離を置いたほうがいい」

アガサは彼に弱々しく微笑んだ。彼の気遣いで心が温かくなり、慰められた。

「ありがとう。そろそろ、行かなくちゃ」二人は立ち上がった。

「大丈夫ですよ。今は悪夢みたいに思えるかもしれないが、いずれ無事に解決しますよ。見ていてごらんなさい」

ビラルが温かく微笑んだ。その友情に胸を打たれ、アガサは彼の体に両腕を回すと、ハグして頰にキスした。

　それから歩きだしたとき、ジャッキーが通りの少し先に立って、こちらを見ていることに気づいた。彼女の後ろにはパミールがいた。

　アガサは今の愛情のこもった抱擁がビラルの妻ばかりかパミールにどう見えたかにふいに気づき、顔を赤らめた。彼女は二人のほうに近づいていった。

「ちょうどご主人と話をしていたんです」アガサはジャッキーにいった。

「ええ、見ました」ジャッキーはそっけなく答えた。

「わたしを探していたんですか？」アガサは屈託のない声でパミールにたずねたが、いかにもうしろめたさを隠そうとしている態度だと疑われそうだった。

「いいえ、ヴィラの管理人夫婦に話を聞こうと思っていたところです。またあとでお訪ねしますよ、たぶん」

　アガサは歩み去った。パミールはわたしがセックス狂の異常な女性だという疑惑を裏づけることができたと思っているのだろう。

　ビラルの忠告を受け入れようと思いはじめたときに、ちょうど〈ブドウの樹〉の前を通りかかったのでバーで一杯飲むことにした。ランチタイムの混雑が過ぎ、バーは空っぽだった。アガサは空腹だということに気づき、チキンサンドウィッチとワインを注文し、庭園にあるテーブルのひとつにすわった。

そのときトレヴァーが入ってきた。最初はアガサに気づかないようだった。しゃがれた声でウィスキーを注文し、それから片手にグラスを持ってバーカウンターに背を向けたときに、アガサに気づいた。

つかつかと近づいてきてたずねた。「おれをつけているのか？」

「わたしのほうが先にここに来ていたのに、どうやってあとをつけるっていうの？」アガサはいい返した。

事件のことを忘れようと決心したのに、彼が隣に腰をおろしたのでアガサは困惑した。テーブルは花に囲まれたレストランの庭園に出されていた。日の光がジャスミンのやぶ越しに射しこみ、トレヴァーのピンク色のむくんだ顔で影がゆらゆら揺れた。

「ひどい事件だよ」トレヴァーはぼやいた。

「そうね」彼が向こうに行ってくれないかと思いながらアガサは答えた。

「だって、どうしてハリーなんだ？」

固い決意はあっさり消えて、アガサはこうたずねていた。「ハリーを殴ろうとしたんでしょ？　彼がローズをふしだらといったから」

「よく覚えてないんだ」トレヴァーは首を振った。「酒をかなり飲んでるから、記憶がよくすっぽり抜けてね」

「ハリーはどうしてローズをふしだらといったのかしら？」

トレヴァーが癇癪を起こしたときにすぐ逃げられるように、アガサはテーブルの端を握りしめた。だが、トレヴァーはいつものようにけんかをふっかけてこなかった。

「たぶん彼はオリヴィアに気があったんだよ」

「オリヴィアは夫がローズを狙っていると思ったのかしら？　つまり、彼女がそう考える理由があったの？」

「かもしれない。ローズは男の気を惹くのが好きだったからね。それだけなんだが」

「どうやってローズと知り合ったの？」

「ケンブリッジ郊外のレストランに女房といっしょにいたときだよ。最初の妻のマギーとね。ちょうど結婚記念日だった。マギーとおれは結婚して二十五年でね、おれが十八のときに結婚したんだ。でまあ、仲むつまじい夫婦の典型みたいだったんだよ。息子が一人いるが、家を出て海外で働いていたんで、マギーと二人暮らしだった。あいつは家事をきっちりこなす、とてもおとなしい女だった。ちょっと太ってたけどな。白髪交じりの髪で。冬も夏も外出のときは必ず手袋をはめていた。おれたちはダイニングルームにいたんだが、その隅に長いバーカウンターがあって、ローズがバースツールにすわっていた。

その晩のことはきのうのことのように覚えているよ。ローズは短いドレスを着ていて、ダイヤモンドをどっさりつけていた。

『あの女の宝石を見てごらんよ』おれはマギーにいった。するとマギーは人造宝石にちがいないといったんだ。ローズはおれたちが自分を見ていることに気づき、バーテンダーに何かいった。おれは結婚記念日だからいいテーブルを予約してくれるように、レストランに頼んでおいた。バーテンダーはそれを知っていたんだろうな。ローズはおれたちのテーブルにシャンパンを寄越したんだ」

「それはいつのこと？」アガサはたずねた。

「三年前だ」

「結婚して長いのかと思ってたわ」

「マギーとはね。ローズとはちがう。ともかく、マギーはとても喜んで舞い上がって、彼女をテーブルに呼ぼうといいだした。ローズみたいな女に会ったのは初めてだった。きらきら輝いているみたいだったよ。お金をたくさん持っていて、しじゅう旅行をしているようだった。何をしているのかと訊かれて、おれは配管の仕事についてしゃべった。少し大げさに自慢して、ひと財産こしらえたといったんだ。マギーはテーブルの下でおれの足を蹴ったが、金持ちの女性をがっかりさせたくなかった。マギーが化粧室に立つと、ローズは電話番号の書かれたカードを渡してくれ、ウィンクするといった。『電話して会いに来てね』

マギーがテーブルに戻ってきたとき、おれは初めて会ったかのように女房を眺めた。体じゅうに肉がついていて、センスのない手袋をはめ、分厚い眼鏡のせいでぱっとしない外見になっている。これまで一生懸命働いてきたんだ、おれだってちょっとぐらいのお楽しみは許されるはずだ、と思ったんだ」

トレヴァーはため息をついた。「翌日にはさっそくローズに電話をして、関係が始まった。おれはローズのこと以外、何も考えられなかった。ローズ以外、何も目に入らなかった。それでマギーに離婚してくれといったんだ」

長い沈黙が続いた。

「マギーはどう答えたの？」アガサは穏やかにたずねた。

「ほとんど眠れなくなった。医者から睡眠薬を処方してもらった。そして大量にそれを飲んだ」

アガサはぞっとしてトレヴァーを見た。「自殺したの？」

彼はうなずいた。「息子のウェインは葬儀以来おれと口をきいてくれなくなった。

ローズがおれを怪物に変えたんだといっている。だけどおれはついに自由になったとしか感じなかった。ローズを感心させようとして大金を使ったので、会社も傾いてきた。ローズはここに来る前に、そのことに気づいたようだ。すでに彼女はアンガスを手なずけていたがね。あいつは金が好きなんだ、ローズは。ローズに捨てられるんじゃないかとおれはびくびくしていた。だのにもう彼女はいない」

トレヴァーのピンク色の顔はくしゃくしゃになり、大きな涙が頬を流れ落ちていった。

彼は汚れたハンカチーフをとりだすと、頬をぬぐった。「悪夢の中で暮らしているみたいだった。ローズはひどい女だった。人を操るのが好きなんだ。権力を手に入れたがった。だけど、ローズを失って、おれはどうやって生きていったらいいかわからないよ」

アガサは慰めるような声をもらした。彼にお代わりをおごろうかと思ったが、さらにアルコールを飲んだら暴力的になるかもしれないと思い直した。

「オリヴィアやジョージとの友情はどんなふうに始まったの？」

「ローズのせいだよ。ヨットで泳ぐ前に彼女はおれに耳打ちしたんだ。『スノッブな連中ね。でもじきにこらしめてやるわ』って」

「ローズはあのうちの誰かと以前に会ったことがあったのかしら？」

「アンガス以外はないよ」

「アンガスは……ええと、ローズに恋をしていたのかしら？」

「アンガスは安全だ。ローズにあこがれていて、おれたちの結婚を尊重してくれていた。アンガスのことは気にしていない」トレヴァーはぼんやりと店内を見回した。「行かないと」いきなり彼は立ち上がり、レストランから出ていった。

アガサは食べかけのサンドウィッチを平らげると、もう一杯ワインを頼み、トレヴァーの話を反芻《はんすう》した。ジェームズがここにいたら、と思った。このことについて彼と話し合えたのに。

店を出ると、駐車場まで歩いていった。太陽は沈みかけ、祈禱《きとう》を知らせる悲しげな呼びかけの声が尖塔から聞こえてきた。アガサは車に乗りこむと、しばらくそのまますわっていた。

ヴィラには、チャールズのところには戻りたくなかった。チャールズはずっと親切にしてくれたし、付き添ってくれていることには感謝していたが、彼と夜を過ごしたせいでジェームズが去った。そのことで、自分を責めていた。

アガサはキレニアから西に向かったが、ヴィラに通じる道は通り過ぎ、ラプタを抜け、さらに西に走り続け、山の中の曲がりくねった道をぐんぐん進んでいった。どこに向かっているのかわからなかったが、ヴィラに戻るのがいやだということだけはわかっていた。

サドラザムコイの村に到着した。山から下りると村の先の道は荒れていて、あちこちひび割れ、修復が必要なありさまだった。その道が草木もろくにない平原に延びている。そこをさらに走ってコルマキティ岬にたどり着いた。そこで車のライトをつけて、ガイドブックを開いた。車から降りて、岩山のほうに歩いていく。錆びついた架台の上で航海灯が瞬いている。岩にぶつかる波が砕けるときに、気味の悪い反響音を発していた。まるでカースリーの教会で死者を悼むために鳴らされる鐘の音みたいだ、とアガサは身震いしながら思った。

そのとき、一人になりたかったのは単純に恐怖のせいだったと気づいた。何者かに殺されかけて、怯えていたのだ。

そしてジェームズがいなくなり、人生がめちゃくちゃになっていても、自分には失いたくないものがたくさんあると気づいた。家、猫たち、村の友人たち。成功したPR会社を作りあげるために強硬な姿勢を貫いてきたことも、後悔するわけにはいかなかった。そのおかげで今、安楽な暮らしができるのだから。

自分が怯えていたということを認めただけで、恐怖は消えていった。レンタカーに戻った。ナンバープレートはみんなに知られているだろうから、すぐに彼女の車だとわかるだろう。別の車に交換しておいたほうがいいかもしれない。

アガサはまた山を越え、東に向かいキレニアをめざした。ヴィラには寄らなかった。アトランティック・レンタカーのメフメットは彼女が到着したとき、ちょうどオフィスを閉めようとしていた。

「車を交換したいの」アガサはいった。

「何か問題でもありましたか？」

アガサはじっくりと彼を見た。誰かに殺されそうになったから、すぐに自分の車だとわからない車が必要なのだと、長々と説明するのは気が進まなかった。

「灰皿が一杯みたいなの」アガサはいってみた。

彼は観光客の突飛な行動や気まぐれには慣れているといわんばかりに、にやっとして肩をすくめた。車のキーを選んで書類を交換し、彼女を道路の向こうにある車のところに連れていった。

一日じゅう感じていた憂鬱な気分がすっかり晴れ、アガサはようやくヴィラに戻った。

意外にもチャールズの姿はなく、メモも残されていなかった。

あまり空腹でもなかったが、自分でコーヒーを淹れ、サンドウィッチを作った。それから二階に行き、服を脱いでベッドにもぐりこんだ。本を読もうとしたが、なかなか集中できなかった。

チャールズがいなくて寂しかった。そして、ためらいながら彼との愛の行為を思い返した。もっとも思いだせないところもかなりあったが。彼との交わりは温かくて心地よかった。アガサのほうがずっと年上なのは残念だった。

時計を確認してから、とうとう明かりを消した。真夜中だ。チャールズはどこにいるのかしら？　アガサは横向きになると眠りに落ちていった。

ドアが開く音がして、アガサははっと目覚めた。「チャールズ！」と叫ぼうとしたとき、女性のくすくす笑いとチャールズの声が聞こえた。「しいっ！　アギーを起こしちゃう」

「アギーって誰？」女性の声がささやいた。

「伯母だよ」とチャールズ。

アガサは身を硬くして横になっていた。二人が階段を上ってくる音が聞こえた。くすくす笑って、ささやきあっている。それからチャールズの部屋に入っていった。さらにささやき声、さらにくすくす笑い、そして、聞きちがえようのない愛の行為の音。

アガサは枕を頭にかぶせ、音を締めだそうとした。

朝になって目を覚ますと、アガサはショートパンツとTシャツに着替え、のろのろと階下に行った。チャールズが他の女性とセックスすることに文句をつける権利はなかった。それでも、自分を伯母といったことにひどく傷つき、年老いたような気分になっていた。

チャールズは庭のテーブルにすわっていたが、いつもどおり、きちんと身繕いをしていた。

彼はアガサに「きのうはどこに行ってたんだい？」と陽気に声をかけてきた。

「あちこちよ」アガサはいいながら腰をおろした。「彼女はどこなの？」

「誰？」

「ゆうべあなたがベッドをともにしていた女性」

「ああ、彼女。とうに帰ったよ」

「誰だったの？」

「クラブとパブにあなたを探しに行って、彼女をひっかけたんだ。イギリス人観光客だよ。エミリー。とてもいい子だった」

「また彼女と会うの？」

「それはないだろうね。彼女は今日イギリスに帰るから」

「得やすいものは失いやすい、ってことかしらね、チャールズ」

「コーヒーを飲む、アギー？」

「ええ、お願い」

アガサはオレンジの木の下にすわり、海を眺めた。晴れた日で、トルコ本土が地平線上にうっすらと線のように見える。自分がちっぽけに感じられた。チャールズにとって自分はお手軽なセックス相手以上の存在だと思いはじめていたが、どうやらちがったようだ。

チャールズはコーヒーを持って戻ってきて、それを彼女の前に置いた。

「どうしてそんなにむすっとした顔をしてるんだい、アギー？」

「ゆうべ、わたしを伯母さんっていうのが聞こえたからよ」

「仕方なかったんだ。彼女が実際にあなたに会ったら、姉というしかなかっただろうね。伯母さんというには、あなたには魅力と色気がありすぎるから」

「お世辞で丸め込もうとしているのね」

「まあね。元気を出して。どこに行ってたんだい？」

アガサはトレヴァーとの会話を聞かせた。

「相変わらず、彼がやったと考えているのかい？」チャールズがたずねた。

「今はそう考えたくない気がしているの、妙だけど。ひどい話だった。かわいそうなマギー。トレヴァーの話の手袋のくだりにはまいったわ。最初の奥さんの健全でまともなきちんとした人生がめちゃくちゃにされたことが、ずっと頭から離れない」

「悲劇はギリシア人とシェイクスピアの専売特許だと思われているけど、それはイギリス郊外にもちゃんと生きているんだよ、ねえアギー」

「それでも彼がやったんだと思うわ。トレヴァーは罪悪感に耐えきれなくなって、わたしに告白しかけていたんじゃないかしら」

「そして、あなたは彼の告白相手になりたかったのかい？」

「いいえ、もういいわ、チャールズ。すべてのことに、もううんざり」

「いい子だ。〈ドーム・ホテル〉のプールに泳ぎに行って、ランチをとろう。あの連中と話すことはもう忘れようよ」

「マスコミはどうするの？」

「マスコミに生活を左右されるのはごめんだ。ノーコメントといってにっこりすれば、いずれ退散するだろう。元気を出して。もうじき事件に片がつく気がするんだ」

7

何もなかったかのように、ただの観光客みたいに泳ぎに行くのは妙な気がした。その日はアガサがここに到着した日と同じで、暑くて湿度が高かった。

しかし、アガサはあれからとても健康的に日焼けしていたので、メイクも少し口紅をつけるぐらいですんだ。「海はまだ暖かくて荒れていないかしら？」彼女はたずねた。

「それはどうかな。もうちがうだろう。でも、気分はすっきりするよ」

二人はホテルのフロントでプールのチケットを買った。日差しの中に出ていったとき、最初に目に飛びこんできたのはバーにすわっているオリヴィア、ジョージ、トレヴァー、アンガスだった。

「無視して」チャールズが楽しげにいった。

しかし着替えてしまうと、彼らの前を通らないわけにいかなかった。チャールズは一瞥《いちべつ》すらくれずにすたすたと通り過ぎた。アガサが彼らに小さく微笑みかけると、冷たい視線が返ってきた。

水は冷たいといえるほどだったが、いったん水中に入ってしまうと気持ちがよかった。アガサはあちこち精力的に泳ぎ回り、バーにすわっている人たちのことは考えまいとした。チャールズが海で泳いでくると声をかけてきたので、アガサは手を振って、わたしはプールにいるわ、と答えた。

やがてプールの階段を上っていくと、目の前にジョージ・デブナムがいた。どうやら彼女を待っていたようだった。

「今回の事件についてはどう思う？」ジョージがたずねた。

アガサは彼の隣に腰をおろした。「とても困惑しているし、怖くて事件のことは考えたくないわ」

「全員がこの島を出てイギリスに帰れればいいんだが。この島には頭のいかれたやつがうろついているからね」

「犯人はわたしたちの一人だと思う？　それとも地元のいかれた人間かしら？」

「地元のやつに決まってるよ」ジョージはいった。「われわれの仲間のわけがない」

「トレヴァーはとても癇癪持ちでしょ」アガサは水を向けた。

「ああ、でも奥さんの死であんなに落ちこんでいるからね。何者かがわれわれ全員を殺そうとしているのかもしれない」

「トレヴァーの話だと、息子さんのウェインは、トレヴァーが離婚して母親が自殺したことで、とても父親を恨んでいるみたいね。彼にはローズを憎んで当然の理由があるわ」

「警察だって、その線は考えたはずだ」

「トレヴァーが話したならね」アガサは指摘した。少し躊躇《ちゅうちょ》してから、慎重に切りだした。「あなたと奥さんが、ローズたちと仲よくなったので驚いたわ。あなたたちがつきあうような人たちじゃないと思っていたから。あのヨットのクルージングで、そのことをはっきりと態度に出していたし」

「ああ、休暇ではそんなにお高くとまっているわけにいかないからね」彼はあいまいに答えた。「あのときはみんなで騒いだら楽しそうだと思ったんだ。そして、あんなことが起きたんで、トレヴァーとアンガスを見捨てるわけにいかなくなったんだよ」

「あなたとオリヴィアは結婚してから長いの？」アガサは質問した。

「何年もたつね」

「最初に出会ったのは？」

「ロンドンのパーティーだった。わたしは二十代前半で大学を卒業したばかり、オリヴィアは看護師の訓練を受けているところだった。たちまち意気投合したよ」

「ハリーは？」

「家族ぐるみの友人だ。とてもいい友人だった」

「ハリーが急に浜辺に行きたがったのはおかしくない？　何かで悩んでいたのかしら？」

「いいや、それどころか機嫌よくはしゃいでいて、うれしそうだった。水着が車にあると教えてやったが、海が好きだからただ散歩するといっていた」

「誰かに会いに行ったのだとは思わない？」

「知り合いはわれわれしかいなかったよ。わたしの知る限り、他の誰ともしゃべっていなかった。いつもいっしょだったし」

アガサはちょっと口ごもってからたずねた。「ハリーがいつもくっついてきて、うんざりすることはなかったの？　だって、これは休暇でしょ。旅先にまでハリーがついてくるのはいやじゃなかったの？」

「ハリーがこの旅行の費用を払ってくれたんだ。とても気前がよかったんだよ」

ジョージに借金があったことを、アガサは思いだした。ローズはジョージにお金を出すと約束してくれたのかと訊きたくてたまらなかったが、我慢した。

「これ以上できることは何もなさそうだな」ジョージはいらだたしげに続けた。「あとはただ、頭の悪い警察が帰国の許可を出してくれるのを待つだけだ」

「警察は頭が悪いとは思えないけど」アガサはゆっくりといった。「パミールはかなり敏腕だと思うわ」

「繰り返し繰り返し尋問するばかりで、何もつかんでないんじゃないかな。もう取り調べには嫌気がさした。ホテルがマスコミ連中を寄せつけないでくれるのはありがたいが。今朝はパミールがニコシアでマスコミ会見を開いたから、みんないなくなったんだよ」

チャールズが現れて、問いかけるように二人を見下ろした。

「いっしょに一杯やろう」ジョージが顔を上げていった。

アガサはジョージのあとからバーに歩きながら、不思議に思った。チャールズは彼らをこてんぱんに侮辱したし、自分も彼らを怒らせた、なのに、まだこんなふうに親しくしているなんて、まったく謎だわ。デブナム夫妻がトレヴァーやアンガスと妙な形で親しくしているのも変だけれど。

オリヴィアは水着ではなくサンドレスを着ていた。指を忙しく動かしながら、セーターを編んでいる。「暖かい服を一枚も持ってこなかったの」彼女はアガサにいった。「セーターを作ろうと思って毛糸を買ったのよ。イギリス高等弁務官事務所に行って、帰国できるように力を貸してもらおうかと考えていたところなの」

「殺人事件が解決するまで足止めされるんじゃないかしら」

オリヴィアは編む手を休めた。初めて途方に暮れた悲しげな顔を見せた。

「犯人は永遠に見つからないかもしれないわ。そうなったら、ここに何年もいることになりそう」

「これ以上、ここに引き留められないよ」チャールズがいった。

アンガスがいった。「ハリーも気の毒になあ。きのうはこれまで見たことがないほど元気いっぱいだったのに」

「浜辺で彼を見つけられなかったのが不思議だな」とチャールズがいった。

「浜辺を歩いている人ばかり見ていたからね」ジョージが説明した。「新聞を顔にかけて寝ている人間は捜していなかったし。ハリーがかぶっていた新聞はどうしてトルコ系キプロスの新聞だったんだろうって、パミールにいったんだよ。英語の新聞じゃなくて」

「で、パミールはどう答えたの？」アガサがたずねた。

「浜辺にはゴミ箱があるから、そこからとってきてハリーにかぶせることができたはずだって」オリヴィアがいった。「日焼けしてきちゃったわ。部屋に行って、日焼け止めクリームを塗ってくるわね。いっしょに来ない、アガサ。女性の話し相手がほしい気分なの」

「着替えるまで待って。すぐに戻るわ」アガサはいった。

更衣室から出てくると、オリヴィアが彼女を待っていた。二人はいっしょにホテルに戻った。観光客たちがチェックインしたりチェックアウトしたりしている。みんな休暇を過ごしに来たのね。ここにいる人は誰一人として殺人の容疑をかけられていないんだわ、とアガサはうらやましく思った。

「あの一人になりたいわ」オリヴィアがエレベーターに向かいながらいった。「ありふれた人生を送っている人に。リラックスした休暇を過ごして、心配ごとなんかなく、ちゃんと帰国できる人に」

オリヴィアの部屋に着くと、彼女は日焼け止めクリームを探してきて、バスルームに入っていった。

「よかったら何か飲んでいて。すぐに終わるから」

「お酒はもうけっこうよ」アガサは叫び返した。「この休暇とやらで、一生分ぐらいお酒を飲んだわ」

オリヴィアが現れると、肩が日焼け止めクリームでてかっていた。彼女は疲れたようにすわりこんだ。「ジェームズはどこなの？　連絡は来た？」

アガサは首を振った。「トルコのどこかにいるの。それしかわからないわ」

「気の毒に。どうしてそんなふうに一人で行っちゃったの？　チャールズのせい？」

「いいえ。ジェームズは変わった人なの」

「あんまりよね、こんな騒ぎの中、あなたを一人きりで放りだしていくなんて」

アガサもあんまりだと思っていたが、オリヴィアにそう認めるつもりはなかった。

「ご主人からハリーが旅行費用を負担していたと聞いたわ」アガサはいった。「滞在が長引いて、借金がかさまないといいわね。ジョージは心配で居ても立ってもいられないんじゃないかしら」

オリヴィアは驚いてアガサを見た。「どうしてジョージが心配するの？」

「株で大きな損失を出したせいでよ」

「なんですって？」オリヴィアの目が驚きで飛びださんばかりになった。「どうしてそんなことを知ってるの？」

「パミールから聞いたわ」その情報の入手経路を教えたくなくて、そう答えた。「知らなかったの？」

「ええ、お金のことはジョージにすべて任せているから。ずっとそうなの。まさか株で失敗だなんてことないわよ」

「どうやら本当みたいよ。警察はわたしたちのことを徹底的に調べているようね」

オリヴィアの顔が真っ青になった。アガサは彼女のことが心から気の毒になり、何もいわなければよかったと悔やんだ。

「ハリーはそれを知っていたの？」オリヴィアがたずねた。

「さあ、わからないわ。たぶん遺言であなたたちに何かしら遺してくれたんじゃないかしら」

「そんなことというなんてひどいわ」

「でも現実的なことよ」

オリヴィアの目が涙で曇った。「それで夫はローズに惹かれたの？　お金のせいなの？　ジョージはこういってたわ、ローズはとてもおもしろくて明るい女性だけれど、きみはとんでもないスノッブだねって。だけど、ローズはひどい女だったわ」

「ねえ、わたしは何も知らないの。ご主人の損失について口にするべきじゃなかったわね」

「いずれはわかることだわ。ああ、神さま、ハリーは亡くなったから、わたしたちがこのホテルの料金を払わなくちゃならないのね」彼女は頭を抱えた。「とんでもないわ！」

アガサはうしろめたくなった。オリヴィアはただでさえ悩みがどっさりあるのに、ホテル代を払うことまで心配しなくてはならなくなったのだ。

「あのう」アガサはおずおずと申し出た。「どうしようもないなら、わたしがホテル代を少し助けてあげましょうか？」

「それはご親切に。でも、警察は誤解しているんだと思うわ。だったら、ジョージが何かいったはずだもの」

プールに戻ると、アガサはチャールズにせっぱつまった声でいった。

「行きましょう」

幸い彼は水着を着替えていた。立ち去りながら、チャールズがたずねた。

「どうしたんだい？　地獄の番犬にでも追われているみたいな顔をしているけど？」

「うっかりジョージの借金について口を滑らせちゃったの。オリヴィアは何ひとつ知らなかった。とても動揺していたわ。何もいわなければよかったわね。ハリーが旅行の費用を負担してくれていたのよ。彼が亡くなったから、莫大なホテルの請求書が残されたわけ。援助しましょうかって、申し出たんだけど」

「どうしてまた？　あの女性のことはろくに知らないんだろう？　それに嫌っていたくせに」

「心から気の毒に思ったからよ」アガサはむっつりといった。「それほど悪い人じゃないわ」

「あなたはやわだなあ、アギー。ところで、どこにランチに連れていってくれるのかな？」

「それほどやわじゃないわよ。ヴィラに食べ物があるし」

「わかったよ、あなたの勝ちだ。ランチはわたしのおごりだ。ここで食べる？」

「いいえ。マスコミがじきに戻ってくるわ」

「そうだ。それは避けたいな。ファマグスタに行って、レストランを見つけよう」

アガサは賛成した。

驚くほど楽しい一日が待っていた。二人はファマグスタの市場にある壁の穴のような小さなレストランで、ブドウの葉の詰め物とライスを食べ、ミネラルウォーターを飲み、店をひやかして歩き、絵葉書を買った。

長くまっすぐな道を走って山を越えてキレニアに帰る前に、ディナーをとった。

「星が見えないな」キレニアめざして曲がりくねった山道を下りながらチャールズがいった。「じきに嵐になると思うよ」

「海のほうでは稲光が見えないわよ」

「それでも、嵐が近づいてくる気配がする」

チャールズがハンドルを切り、車はヴィラに通じる道に入った。ヴィラの外にパミールの黒い公用車が駐車しているのが見えて、二人は首をかしげた。その後ろには警察のジープが緊急灯を点滅させながら停まっている。

「どうしたのかしら？」アガサがため息をつきながらいった。

チャールズが車を停めて二人は外に出た。パミールが近づいてきた。

「あれはあなたのレンタカーですか？」彼は通りの先に停めたアガサの車を指さしながら、厳しい口調でたずねた。

「ええ。何があったんですか？」

「中に入りましょう」

もういい加減にしてほしいわ、とアガサはチャールズのあとからヴィラに入りながら思った。

蛍光灯のまぶしい光の下でキッチンにすわり、パミールと向かい合った。

「いつ車を交換しましたか、ミセス・レーズン？」

「ゆうべです。どうして？」

「どうして交換したんですか？　何か問題でもあったんですか？」

「別に。誰かがわたしを殺そうとしているので、車を取り換えて、ちがうナンバープレートにしたほうがいいかもしれないと思ったんです」

「そろそろ、要点を話してください」チャールズがぴしりといった。

「ミセス・レーズンの借りていた車が、ニコシア・ロードから入った土手の下で発見されたんです。運転していた本土のトルコ人は、ハンドルを握ったまま死んでいました。今朝その車を借りたばかりでした。ですからお二人が今日は何をしていたのか、お訊きしたいと思いましてね」

ぐったりしながら二人はその日のできごとについてパミールに話したが、アガサはオリヴィアに対する妙な忠誠心から、二人が交わした会話は黙っていることにした。愛する人を失って傷ついているトレヴァーと、ショックを受け怯えているオリヴィアに奇妙な絆を感じはじめていたのだ。

一時間ほど質問をすると、パミールは立ち上がった。

「その車を調べさせてもらいますよ。運転者は酒臭かったので、たんに道から落ちたのかもしれませんが」

「最初からどうしてそういわなかったの？」アガサがふいに怒りを爆発させて叫んだ。「わたしがまだあの車を使っていると考えて、何者かが車に細工したと思わせるなんて。しかも、わたしが襲われたことをまるっきり信じていなかったんでしょ。もうこんなことはうんざりだわ。わたしは事件にはまったく関わりがないし、チャールズもそうよ。ただ家に帰りたいだけ！」

「考慮しましょう。とりあえず、いつでも事情聴取に応じられるようにしておいてください」

パミールは帰っていき、チャールズとアガサは顔を見合わせた。

「この事件は永遠に終わらないのかしら？」

「ベッドに入って、明日まで忘れよう」チャールズはアガサを横目で見ながらいった。

「ねえ、アギー、酔っ払っていなかったら、絶対にエミリーをひっかけたりしなかった。どうしてあんな真似をしたかわからないよ」

「わたしにはわかるわ。あなたには道徳意識がないのよ」

「ああ、なるほど、あなたは一人寝のベッドに行けばいい」

「海水を洗い流したら、まさにそうするつもりでいるわ」

アガサはゆっくりとお風呂に入り、楽しいことを考え、留守にしているジェームズや殺人事件のことは考えまいとした。

ベッドに入ると、ほとんどすぐに眠りこんだ。


朝、目が覚めると、遠くで雷鳴が聞こえていた。ではチャールズは正しかったのだ。嵐が近づいている。

頭が不安のせいで疲れきってるわ、とアガサは歯を磨きながら思った。殺人犯が一人だけだと仮定しても、誰がローズとハリーを殺したのか、まったく手がかりをつかめていなかった。これまでに解決した事件では幸運に恵まれただけだったのだ。ジェームズのいうとおりだった。わたしが過去にしたのはへまだけ――そして殺人犯と対決して、あわや殺されかけた。まさに同じことがここでも起きていた。ただし、成果は何も得られなかったけれど。

アガサはもう調査から手を引き、オリヴィアたちとは距離を置いて、もっと別のことをして日々を過ごしたかった。きのうは楽しかった。読もうと思って買ってきた本はあまりピンとこないし、オリヴィアみたいに編み物でもしてみようかしら。ふいに編み針を毛糸から出したり入れたりして動かしているオリヴィアの姿がくっきりと目に浮かんだ。日の光にきらめいていた、あのスチールの編み針。

それからアガサはゆっくりと歯ブラシを置いた。オリヴィアは看護師だった。ローズとハリーは細く鋭い凶器で殺された。正確にどの場所に突き立てればいいのかを知っている犯人の手によって、ケバブの串ではなく編み針が突き立てられたとしたら？　オリヴィア！　オリヴィアは夫の借金のことを知らなかった。だからローズがいきなり夫の心をつかんだことにとまどった。だが、借金がどのぐらいあるか、オリヴィアは本当に知らなかったのだろうか？　当然、オリヴィアに夢中だったハリーは遺言書を作り、妻も家族もいないのだから、オリヴィアにすべてを遺しただろう。

アガサの心臓が激しく打ちはじめた。

どうやったら証明できるかしら？

彼女に訊いてみればいい、と頭の中の声がいった。

でも、過去の過ちを繰り返すつもりはないわ。他の人たちがいるホテルのロビーで彼女に会おう。

アガサは自分の部屋の電話から〈ドーム・ホテル〉にかけて、ミセス・デブナムを呼びだしてもらった。

オリヴィアが出ると、アガサはいった。

「きのう話していたことなんだけど、オリヴィア、お役に立ててもらおうと思って小切手を用意したの。どうかノーっていわないで」

「それはご親切に」オリヴィアは低い声でいった。「ジョージは今ここにいないの。お金のことでちょっとけんかをしたのよ。あの人は散歩に出かけたわ」

「ホテルのバーで待ちあわせましょう。十五分くらいで行けるわ」

アガサは階下に行ってチャールズにどこに行くかを知らせようとしたが、彼はいなくなっていた。メモを残しておこうかと迷ったが、その時間がもったいなかった。

ヴィラを出ると、雷鳴はさらに近づいてきていて、大きな雨粒が頬を打った。キレニアの郊外まで来たときには、ざあざあ降りになっていて、路面もろくすっぽ見えないほどだった。ホテルの外の駐車禁止の場所に車を停めた。今回ばかりは駐車違反の罰金を払っても仕方ないわ。

アガサはマスコミのことをすっかり忘れていたので、不安そうにフロントのあたりをうかがった。しかし、カメラは一台も見当たらなかった。

テープレコーダーを持ってくればよかったと思いながら、バーに入っていった。オリヴィアが告白したとしても、証拠が残らないのでは？

でも、今さらあとにはひけなかった。この殺人事件が解決されなければ、北キプロスに何カ月も足止めされるだろう。

オリヴィアはバーにいなかった。アガサは二人分のコーヒーを注文した。そして待った。十分後、オリヴィアの部屋に電話してみようかと思いはじめたとき、彼女が現れた。

「すわって」アガサはいった。「そしてコーヒーをどうぞ」アガサはあたりを見回した。少し離れたところでカップルがコーヒーを飲んでいて、ウェイトレスは忙しそうに冷蔵ケースにケーキを並べていた。

「本当にご親切に、アガサ」オリヴィアが心をこめていったので、アガサは恐ろしい勘違いをしてしまったにちがいない、と思った。まぶしい閃光《せんこう》が部屋をよぎり、外の廊下で誰かが悲鳴をあげた。それから雷の落ちる大きな音がして、ホテルが土台から揺さぶられたような気がした。窓ガラスを滝のように雨が流れ落ちている。

アガサは小切手を書くべきだと思って手を伸ばしたが、そのとたん、なぜかこう口にしていた。「今日は編み物をしていないのね、オリヴィア？」

「部屋に置いてあるわ」オリヴィアはいった。「編み物はジョージの神経に障《さわ》るらしいの。ディケンズの『二都物語』に出てくるドファルジュ夫人を連想するっていうのよ」

そこでアガサは勇気をかき集めた。今、口にしなかったら、一生後悔するだろう。アガサは静かにたずねた。「すべて白状したほうがいいわよ、オリヴィア。このまま暮らしていくことはできないわ」

オリヴィアはコーヒーカップを口元に運びかけて、まじまじとアガサを見つめた。

「何をいってるの、アガサ？」

「あの編み針、スチールの編み針、鋭いスチールの編み針よ、オリヴィア。しかも、あなたは以前看護師だった。ディスコに行った夜、一本バッグに忍ばせていたんじゃないかしら。あなたがローズを殺したんだと思うわ」

「頭がどうかしたのね」オリヴィアは怒ってカップをソーサーに置くと、ハンドバッグをつかんで立ち上がりかけた。

「まだ警察には疑惑を話していないわ。でも編み針の一本は尖らせてあって、まだそれがあなたの手元にあるにちがいない」アガサは大胆な推測を口にした。

オリヴィアはゆっくりと腰をおろした。またも稲光が閃き、雷が落ちた。

オリヴィアはじっとアガサを見つめた。

「なぜなの？」アガサはたずねた。「たしかにローズは男性の気を惹くのが好きだったけど、タートル・ビーチでご主人としゃべっているのを見た以外に、あなたを嫉妬させるようなことは何もなかったでしょ？」

「オセロの塔に行ったとき、あなたはいっしょじゃなかったものね」オリヴィアは疲れた声でいった。両手に顔を埋めた。「ローズのすべてをわたしは軽蔑していた――下品で騒々しくて押しつけがましくて。ジョージは彼女のぞっとする発言にいちいち笑っていた。だけど、それだけじゃなかったのよ。あの晩、寝ようとしたとき、ジョージがいきなりちょっと散歩に行ってくるといいだしたの。わたしがいっしょに行くといったら、一人になりたいんだって怒鳴ったわ。

少し待ってから、わたしは夫をつけていった。彼は港のほうに早足で歩いていったけど、一度も振り返らなかった。それでずっとあとをつけられたの。突き当たりで右に曲がってシーフード・レストランを通り過ぎ、まっすぐ歩いていった。人気がなかったから、わたしは物陰に隠れるようにしてゆっくりあとをつけていった。道路が右にカーブしたところで、左手に黒いやぶの茂みがあったの。見る前に声が聞こえたわ。ローズが壁に寄りかかってスカートをめくりあげ、二人はセックスしていたの、わたしのジョージがね。気分が悪くなったわ」

「二人と対決して、どういったの？」アガサはたずねた。

「対決しなかった。ジョージが戻ってきても何もいわなかったわ。彼に捨てられるんじゃないかと怖かったから。実はね、あなたに嘘をついたのよ。ずっと前から経済的な問題のことは知っていたわ。パミールは何もいわなかったから警察には借金のことが知られてないと思っていたので、ばれていたことにショックを受けたのよ。あのあばずれはたぶんジョージを次の夫にして、わたしを見返すつもりだったんでしょう。彼女はわたしが軽蔑しているものをすべて備えていた。あんな女に夫を奪われたら、友人たちになんて陰口をたたかれるか。その屈辱は耐えがたいでしょう。わたしは編み針を尖らせてバッグに入れ、機会をうかがった。そしてディスコでチャンスが訪れたの。彼女がいなくなってくれて、心からの安堵しか感じなかったわ」

「だけど、ジョージは何か勘づいたんじゃない？」

「まるっきり。見つかるんじゃないかと怖くなったから、そのあとは他の人たちといつも行動をともにするようにしたわ。そこへ、あなたが首を突っ込んできた。あなたたちが聖ヒラリオン城に行くのを知って、どうにかしようと決心した。実はジェームズのわきを通り過ぎたのよ。信じられる？　彼は目を閉じてすわっていたわ。あなたを消せなかったので、騒ぎがおさまるまで丘に隠れていたのよ」

「あの晩どうやってわたしの部屋に入ってこられたの？」

「あなたが部屋を予約したと聞いて、ホテルのメイドのクロゼットをこじ開けて合い鍵を盗み、翌日戻しておいたのよ。まったく、お節介な真似ばかりするんだから」

「じゃあ、どうしてハリーを？　彼に見つかったの？」

「あの馬鹿な老いぼれハリーはわたしが悪いことをするなんて、絶対に信じないわ。でも酔っ払って感傷的になったときに、遺言ですべてをわたしに残すようにしたとしゃべったの。ジョージとわたしにはそのお金が今すぐ必要だということ、それで前の生活に戻れることに気づいた。サラミスで、ハリーに浜辺で会ってくれたらキスしてあげるといったの。わたしにぞっこんのあの老いぼれがあんまり興奮したんで、心臓発作を起こして、手間を省いてくれるんじゃないかと思ったほどよ。だけどみんなから離れて行ってみると、彼はちゃんと待っていた。砂の上に恋人同士みたいに横になりましょうと誘った。そして彼を刺し、新聞を顔にかぶせたの。残念ながら、編み針は部屋にはないわ。砂に埋めたの」

「だけど、ハリーにお金を貸してほしいと頼めばすむことだったんじゃないの？　きっと喜んでお金をくれたと思うわ」

「ジョージは借金で身動きがとれないことをわたしに気づかれていないと思っている

の。ジョージは紳士よ。プライドがあるわ。自分の損失のせいで、わたしが友人からお金をもらったと知ったら激怒するでしょう。わたしたちみたいな人間のことは理解できないでしょうね、アガサ。別の世界の住人なのよ」

「ローズのお金に目をつけてセックスするような世界？　たいした紳士よね！　ねえ、オリヴィア。あなたみたいなしっかりした女性がどうしてこんな恐ろしい真似をしたの？」

「愛がどういうものか、あなたにはわからないのよ」オリヴィアが馬鹿にしたようにいった。「主人になでてもらいたがっている老犬みたいに、あなたがジェームズを追いかけているのを見てあきれたわ。わたしはジョージを愛している。彼がいなかったら、人生に意味がなくなるわ。ローズなんか犠牲にしてもかまわないのよ」

「警察に行ったほうがいいわ」アガサが重苦しい声でいった。「いっしょについていってあげる」

「あなたはそうしたいのよね？　あなたのささやかなお手柄ってわけでしょ。『学歴もない勇敢なアガサが警察もだまされた謎を解決』ってね。だけど、そうはさせないわ」

「ここでわたしに編み針を突き立てるわけにはいかないわよ」アガサはいった。「人がいっぱいいるから」

「殺人犯と結婚していたなんて屈辱をジョージに味わわせるはずないでしょう。わたしがやったっていう証拠はひとつもないし、絶対に手に入るものですか！」

オリヴィアはいきなり立ち上がりきびすを返すと、ハンドバッグをテーブルに残したままバーから走りでていった。一瞬茫然としたが、アガサはすぐに我に返り追いかけた。オリヴィアはプールのほうをめざしている。雨で前がよく見えないまま、アガサは必死にあとを追いかけた。

オリヴィアはプールを迂回して、逆巻く海に飛びこんだ。

「オリヴィア！」アガサは叫んだ。

プールの縁まで走っていってしゃがみ、たたきつけるように降っている雨を透かして前方を見つめた。オリヴィアの頭が大きくうねる波のあいだに見えた。それから力強い泳ぎで、岸からぐんぐん離れていった。

アガサは何度も何度も叫んだ。しかし轟く雷鳴がその声をかき消した。

黒雲のあいだから淡い日差しが一瞬だけ射し、オリヴィアの頭が波の上に浮かんでいるのが見えた。それから彼女の姿は見えなくなった。

アガサはホテルに駆け戻ると、大声で助けを求めた。

一時間後、毛布にくるまってアガサは支配人室にいた。そこにパミールが入ってきた。彼はしばらくアガサを見下ろしてから、こういった。

「彼女の姿はありませんでした。もう一度おたずねします、ミセス・レーズン。どうしてまずわたしたちに電話しなかったんですか？」

「何も証拠がなかったからよ！　いったでしょ！」

「しかし、あなたのせいで、わたしたちは決定的な証拠をなくしたんです。あなたの証言しかない」

「彼女がふざけて溺れたと考えているんじゃないでしょうね！」

「もう一度いいましょう、あなたの証言しかないんです。あなたが彼女を突き落としたのかもしれない」

「ああ、馬鹿いわないで。ウェイトレスがバーから飛びだしていく彼女を見ていたわよ」

「あなたから逃げようとしていたのかもしれない。証拠は何もないんですよ、ミセス・レーズン」

アガサはいきなり立ち上がった。その目はぎらついていた。

「そうだわ。彼女はハリーを刺したあと、編み針を浜辺の砂に埋めたといってた」

「ここで待っていてください」パミールはそっけなくいうと、外に出ていった。

十五分後にチャールズが入ってきた。「ずっとあなたに連絡をとろうとしていたんだ、アギー。だけどあなたは第一容疑者みたいだね。何があったんだ？」

アガサは突然インスピレーションがわいたのでオリヴィアと対決したこと、するとオリヴィアが殺人を自白して海に飛びこんだことを話した。

「どうしてわたしを待っていなかったんだ？」チャールズはたずねた。「ガソリンを入れにスタンドまで行っていただけなのに」

「そんなこと、どうしてわかるの？」アガサが泣き声でいった。「北キプロスをうろつき回って、ベッドに連れこむ女性観光客を品定めしているかもしれないって思ったわ」

「意地悪だな。だけどあなたはショック状態だから許してあげよう。パミールは証拠がないってわめいていたよ」

「オリヴィアは、ローズとハリーを殺すのに使った編み針をサラミスの浜辺に埋めたのよ。この嵐で見つかるといいけど。それに彼女の指紋がついているように祈るわ。さもないと、わたしが二人を殺して、その罪をオリヴィアにきせようとしたといわれかねない」

パミールがまた入ってきたので、アガサは期待をこめて見上げた。

「編み針が見つかったの？」

「もう帰っていいですよ」

「どうして？」アガサは目を輝かせた。「何か発見したの？」

「外出しているときに、彼らの部屋を数回捜索したんです」パミールが腰をおろしながらいった。「しかし、何も発見できなかった」

「うちは捜索しなかったでしょ」アガサはいった。

「いえ、ヴィラも留守のときに捜索しました」

「じゃあ、オリヴィアの有罪を決定づけるようなものを見つけたのね？　何かを発見したんでしょ。さもなければわたしを帰すはずがないもの」

「編み針を発見しました」

「尖らせた編み針ね、わかってたわ！」アガサは叫んだ。「だけど、どうやって見つけたの？　どこで？」

「幸い、砂に埋めていなかったんですよ。鋭い観察力を持つ部下のおかげです。彼女のホテルの部屋をもう一度捜索に行ったんです。いっておきますが、われわれはすべてを徹底的に調べました。そうしたらこの警官が天井の染みに小さな白い漆喰のこぶができていることを発見した。染みのことは知っていました。上の部屋の男が風呂の湯をあふれさせ、天井から漏れてきたんです。彼は白い漆喰の塊をかきとって、天井を探った。漆喰はまだ湿っていたので、彼女はただ編み針を天井に刺すだけでよかったんですね。先端が尖っていたので、簡単に天井の中にもぐりこませることができた。それから金物屋で漆喰を買ってきて、穴をふさいだんです」

アガサは息を呑んだ。「どうしてとりだして海に捨てなかったのかしら」

「それほど意外じゃないですよ。捨てる理由がなかった。それに湿った漆喰が固まったあとでまた掘ったら、隠し場所をわざわざ教えることになりかねない。われわれにもそれを推測できるぐらいの頭があると用心していたんでしょう」

「つまり、わたしには彼女がやったことを推測できるぐらいの頭脳があったって意味ね」アガサはいった。

「ジョージはどんな様子ですか?」チャールズがたずねた。

「打ちのめされてますよ。ローズが今生きていたら、自分の手で殺していたといってます。ローズは彼に金をあげると約束して誘惑したようですね。彼女とセックスしたくはなかったが、金がどうしてもほしかったと供述しました。ハリー・テンブルトンに金を無心したら、金はミセス・デブナムにしかあげないといわれたので、ジョージはそのことを妻に知られたくなかったんです。ハリーはその代わり二人を休暇に連れていこうと提案した。かたやローズはイギリスに帰ったら金をあげると、ジョージに約束したそうです。オリヴィアは三年前にひどいノイローゼになっていて、また精神的におかしくなると困るので、ジョージは妻に借金のことを黙っていたのです」

「重要な質問をしなくちゃならない」チャールズがいった。「われわれは本当に島を出ていけるんですね？」

「署に来てすべて供述をして、サインしていただく必要があります、ミセス・レーズン。そのあとはどこに行こうと自由ですよ」

アガサはまだ濡れている服にブランケットをぎゅっと巻きつけた。

「殺人事件を解決したことで、わたしにお礼をいうつもりはないの？」アガサはたずねた。

「遅かれ早かれ、われわれも犯人を突き止めていたにちがないと思います。その場合、ミセス・デブナムはまだ生きていて法廷に立てたでしょうね。とんでもない、お礼をいうつもりはまったくありませんよ」

「じゃ、そろそろヴィラに戻って熱いお風呂に入るわ。かまわないでしょうね？」

「どうぞ、お帰りください！」

アガサは自分の車に乗りこみ、チャールズも自分の車をとりに行った。彼女は煙草に火をつけた。上空では、嵐雲が遠くに流れていくところだったが、海から冷たい風が吹きつけていた。

ヴィラに着くとアガサは入浴して、着替えをした。

階下に行ったときに電話が鳴った。「わたしが出るわ」チャールズに叫んだ。彼は

キッチンで何かやっているようだった。

記者かもしれないと不安になりながら、アガサはおそるおそるいった。「もしも

し？」

「アガサ」ジェームズの声がした。

アガサは電話のかたわらの椅子にすわりこんだ。「ジェームズ」弱々しくつぶやい

た。「どこにいるの？」

「トルコだ。イスタンブールにいる」

「ムスタファの有罪の証拠を見つけたの？」

「実をいうと、その必要はなかったんだ。わたしがイスタンブールで彼に追いついた

ときには、彼はすでに死んでいた。トルコ人マフィアに撃たれたんだ」

「どうして？　ドラッグを取引していたの？」

「ドラッグを売りさばいた金をトルコ人マフィアに支払っていなかったんだ。あの馬鹿者は不渡りの小切手を渡して、撃ち殺されたんだよ。そっちはどんな様子だい？」

アガサはすべてを語り、こうしめくくった。「こんな騒ぎになっているのに、よくわたしを放って出かけられたわね、ジェームズ？」

「前々から、きみは自分で自分の面倒を見られる人だと思っているからね、アガサ。それにドラッグで何千人もの人生をめちゃくちゃにしている人間をつかまえるほうが、一人の殺人犯をつかまえるよりも重要に思えたんだ」

「でも、黙って出ていったでしょ。わたしが二度も命を狙われたのを知っていたくせに」

彼の声はやさしくなった。「そのとおりだ、アガサ。ひどい真似をしたね。二日後には帰るから、仲直りしよう」

「ああ、ジェームズ」アガサは彼を許した。

チャールズがリビングに入ってきて、はっきりしたよく通る声でいった。

「ランチはどうかな、ダーリン、それからベッドに行こうよ」

アガサは怒って彼を手ぶりで追い払ったが、時すでに遅かった。

「今のは誰なんだ？」ジェームズが問いつめた。

「チャールズよ」アガサは力なく答えた。

「きみがちゃんと面倒を見てもらっていてうれしいよ」ジェームズはよそよそしくいった。「わたしは必要なさそうだな」

そして電話は切れた。

8

翌日、アガサとチャールズは警察署の前に詰めかけていたマスコミをどうにか押し分けて進んでいった。

アガサはジョージに会うのを怖れていたが、今回は彼女とチャールズしか待合室にはいなかった。

パミールではなく、別の刑事がアガサの供述をとった。話し終えたとき、アガサはたずねた。

「ミセス・デブナムの死体は発見されたの？」

「ミセス・デブナムは発見されましたよ、まだかろうじて息がありました。かなり水泳が得意だったようですね。蘇生処置がとられましたが、ニコシアの病院に搬送される途中で亡くなりました」

では溺れようとしたのではなく、逃げようとしたのだ、とアガサは思った。

アガサは取り調べ室の外に出ると、チャールズを待った。彼はほとんど供述することがなかった。事件があったときには、いなくなったアガサを捜しに行っただけだったからだ。

やっとチャールズが取り調べ室から出てきた。「準備はいい?」

「いいわ。航空会社のオフィスに行き、イギリス行きの席を予約しましょう。オープンチケットにしてあるの。あなたは?」

「同じだ」

〈サライ・ホテル〉の近くのキプロス・トルコ航空のオフィスでは、英語をしゃべれる人がいなかったので、道の向かいの旅行会社に行くしかなかった。

「明日でいいかい?」チャールズがたずねた。

しかしアガサは希望にしがみついていた。ジェームズは二日後にキプロスに戻るといった。今日は火曜だ。

「日曜日にするわ」彼女はきっぱりといった。

「日曜!」チャールズが叫んだ。「悪いけど、アギー、わたしは明日帰るよ」

「どうぞご自由に」アガサはよそよそしくいった。

チャールズはためらった。それから翌日の座席を予約した。

「いっしょに帰ったほうがいいと思うよ」チャールズはいったが、アガサの意志は固かった。ジェームズはきっと戻ってくると、アガサは自分にいい聞かせていた。

外に出ると、大きな荒々しい雲がニコシアの赤い屋根の上を吹き飛ばされていった。ヴィラへの帰り道、二人は事件について話し合った。チャールズは荷造りするために二階に行った。

ジェームズがいなくなってからヴィラにはかなりほこりが積もっていて、アガサは床を掃除したほうがいいことに気づいた。

その日の残りは、せっせと掃除をして過ごした。手を休めたのはサンドウィッチとコーヒーをとったときだけで、しばらくしてチャールズの様子を見に行くと、部屋でぐっすり眠っていた。

ジェームズは結局帰ってこないのではという、みじめな考えをアガサは振り払おうとした。それなら、チャールズといっしょの便で帰国したほうがましだろう。

そうこうするうちにチャールズが起きてきて、最後だからディナーに出かけようと提案した。

「〈座礁したリタ〉というレストランの広告が道路沿いに出ていたんだ」チャールズはいった。「興味をそそられるだろう」

二人は海岸沿いに西に走ってラプタを抜け、ようやくめあてのレストランを発見した。プールがあるオープンエアのレストランで、イギリス人の話し声で活気づいていた。リタ自身は魅力的な中年のイギリス人女性で、テーブルからテーブルに歩き回って友人たちにあいさつしていた。

「オリヴィアは発見されたのよ」アガサがぼそっといった。チャールズは不安そうにアガサを見た。二人はすでにオリヴィアについて何度も何度も話し合っていた。しかしアガサはそれを忘れたかのように、同じ話題を繰り返し持ちだした。彼はアガサを元気づけてやることにした。「うん。たぶん暑さがやわらいだから岸まで泳げると思ったんだろう。そしてジェームズをお手本に、誰かに賄賂をつかませてトルコ本土に運んでもらおうとしたんだよ」

「編み針を発見したのは奇跡だと思うわ。絶対に見つからない場所に捨てることもできたはずなのに」

「また同じことをいってるね。頭がどうかなっちゃったんじゃないよね？　殺人のことは忘れるんだ、オリヴィアのことも。ああ、わたしはあなたのお父さんみたいな口をきいてしまっているね、アギー」

「それには若すぎるわ、チャールズ」

「真面目な話、ジェームズを追いかけるのはあきらめたまえ。時間のむだ、エネルギーのむだだ。また傷つくのがおちだよ」

「あなたには関係ないでしょ」

「いや、関係あるよ、アギー。彼に愛されているなんて思わないほうがいい。本当に愛しているなら、どんな理由があってもトルコに行かなかっただろうし、あなたを一人にすることもなかっただろう」

「あなたがいるから、わたしは一人じゃないと考えたにちがいないわ」

「ほらね！」チャールズは彼女にフォークを突きつけた。「すでに彼のためにいいわけを探しはじめている。でも、いいわけの余地なんてないんだよ」

「二日後に戻ってくるといってたのよ」アガサは頑固にいい張った。

「お手上げだね。まあ、わたしたちはいっしょにちょっとした冒険をしたわけだが、いつかこのことを思いだして、恥ずかしさのあまり穴に入りたくなりそうだ」

隣のテーブルにいるイギリス人在住者の騒々しいグループはトルコ語を練習していた。キレニアに来てから、トルコ語のレッスンを始めたらしい。

その騒ぎで、チャールズとアガサは会話を交わすのがむずかしくなった。二人はヴイラでコーヒーを飲むことにして、勘定書を持ってくるように頼んだ。それをチャールズに渡されたアガサが支払いをして、二人は店を出た。

ヴィラに着くと、コーヒーを飲み、ありがたいことに英語で地元テレビ局が放映している『修道士カドフェル』のミステリドラマを見た。それからベッドに入った。もし朝いちばんでレンタカーを返却するのなら、空港まで送っていってあげるとチャールズにいった。

「いっしょに過ごす最後の夜だね、スイートハート？」チャールズは階段を上りながらいった。

「だめよ」アガサはきっぱりといった。夜中にジェームズが到着して、いっしょのベッドにいる自分たちを発見するところが目に浮かんだ。

「そうか。でも、すばらしいものを逃すことになるんだぞ、とはいえないか。すでに経験しているんだから」

「わたしはあなたには年をとりすぎてるわ、チャールズ」

「気づかなかったよ」

「それはありがとう。でも、明日の朝、会いましょう」

アガサは眠りが浅かった。夜のあいだに一台の車が外の道路に停まったので、ベッドから飛び起きて階段を駆けおり、勢いよくドアを開けた。しかし、それは近所の家から夜更けに帰っていったお客だった。

夜明けの光の中、アガサはチャールズを空港に送っていった。セキュリティゲートを通過する前に、彼は振り返っていった。「また会おう、アギー」

「もちろん」

「さよならのキスをしてくれないの？」

アガサは彼をハグするとキスした。チャールズはいったん背を向けたが、またセキュリティゲートに戻ってきた。

「あなたは彼にはもったいないよ、アギー」そして行ってしまった。

チャールズが去ると、アガサの胸に希望がわきあがった。ジェームズは帰ってくる。そうしたら話し合おう。それから殺人事件のない日々をいっしょに過ごすうちに、前よりも親しくなれるだろう。

その後二日間、アガサはいちばんきれいな服を着て、きちんとメイクをして待っていた。そして車の音がするたびに、ヴィラから飛びだしていった。

金曜には、着心地のいいTシャツとショートパンツ姿でメイクをしていなくても、彼は帰ってくるだろうと考えた。しかし、金曜はそのまま過ぎていき、土曜も何事もなく過ぎた。

アガサはのろのろと荷造りをした。心は重かった。ビラルのクリーニング店まで行き、自宅の住所を教えてくれたら、空港に行く途中で彼の家に寄ってヴィラの鍵を返すと伝えた。ただしジェームズはじきに戻ってくるだろうと。

「あなたはまた戻ってきますか？」ビラルがたずねた。

「そうね、たぶんいつか」

彼女はビラルに別れを告げてヴィラに戻った。その日は天気がよかったが、空気にはかすかに冷たさが感じられた。

アガサはジェームズのことを考えまいとして、きれいに荷物を詰めることだけに集中しようとした。最後の食事に出かけようと思ったが、外出する気力はわかなかった。

しかし、たちまち出発の朝になった。アガサは市内に戻ってくる車の運転者の顔にひとつひとつ熱心に目を向けながら、ゆっくりと空港まで車を走らせた。まだジェームズに会える希望を捨てていなかった。

空港でも、奇跡が起きてジェームズが到着するかもしれないと思いながら、乗客の顔をチェックした。

出国審査を受けたときに、ようやくすべての希望を捨てた。そして、たとえその朝、彼がカースリーに戻ってきたとしても、結局同じことになるだろうと気づいた。自分を見捨ててトルコに行ったことを、アガサは絶対に許さないだろうから。

目的地のロンドン・スタンステッド空港でハイジャックの危険があるとかで、離陸が二時間遅れた。飛行機はイスタンブールまで行き、場内放送システムがないらしいゲートの中で四時間も待つ羽目になった。ときどき、さまざまな係官が入ってきて乗客にトルコ語でなにやら叫んだので、アガサは乗客の一人に通訳してくれるように頼まねばならなかった。ヒースロー空港に行く、次にガトウィック空港に行く、といわれたが、結局、スタンステッド空港に行くと発表された。

飛行機が離陸すると、アガサは眠り、目覚めるとまた眠り、トレヴァーのピンク色の怒った顔と、逆巻く波のあいだに浮いているオリヴィアの頭を夢に見た。ようやく目が覚めたとき、飛行機は荒涼とした雨のエセックスに着陸しようとしていた。

長期駐車場で車を回収し、家路についた。カースリーのわが家へ。チッピング・ノートンまで来て、モートン・イン・マーシュに向かったときは、胸の痛みはなくなっていた。

るくる躍った。

カースリーに入っていくと、色づいた木の葉が雨と風で吹き寄せられて車の前でく
コテージのある小道に曲がると、煙突から煙が出ていないかと、まずジェームズのコテージを見た。でも、家は閉ざされて暗く、誰もいない様子だった。

自分のコテージに入っていくと、丸くなって寝ていた猫たち、ホッジとボズウェルが立ち上がって出迎えてくれた。掃除をしてくれているドリス・シンプソンが、猫は住み慣れた家で過ごしているほうがいいから毎日えさをやりに来る、といってくれたのだ。

アガサは孤独が身にしみた。チャールズのことが恋しかった。彼はとても理解があり、いつもそばにいてくれた。

ドアベルが鳴ったので、愚かにもまず最初に頭に浮かんだのは「ジェームズだわ!」ということだった。それから、ジェームズであるわけがないと気づいた。

ドアを開けると、牧師の妻のミセス・ブロクスビーがキャセロールを手に立っていた。

「あなたを見かけたという噂が耳に入ったから」とミセス・ブロクスビーはいった。

「それでアイリッシュシチューをキャセロールに入れてきたの。戻ったばかりで、お

料理をする気になれないでしょうから」

「入ってちょうだい」アガサはうれしくなっていった。「ひどい目にあったのよ」

ドアベルがまた鳴った。今度はカースリー婦人会の書記をしているシングルマザーのミス・シムズだった。高いヒールで危なっかしく立ち、ケーキを持っていた。

「おかえりなさい」

そのあと、アガサのドアベルは数分おきに鳴り続け、とうとうリビングは村の人々でいっぱいになった。熱心な聞き手たちに冒険談を語ったが、ジェームズが彼女を置き去りにしたとはいわず、ただトルコに仕事で行かなくてはならなかったと話した。

みんなが引きあげたときはかなり遅くなっていて、残ったのはミセス・ブロクスビーだけだった。「家に帰るってすてきね!」アガサは顔を輝かせていった。「戻ってこられてうれしいわ」

「ひとつわからないことがあるんだけど」ミセス・ブロクスビーがいいだした。「ジェームズが仕事でトルコに行ったといってたでしょ。どういう仕事なの？　ほら、二度命を狙われたって話のあとで、ジェームズはトルコに行ったとさりげなくつけ加えたでしょ。彼はあなたのことを心配していなかったの？」

そこでアガサは本当のことを打ち明けた。チャールズのこと、ジェームズの痼癪と冷たさについて。

「あの人はとても変わり者なのよ」ミセス・ブロクスビーはいった。「少なくとも、これでやっと彼から自由になれたわね。彼のしたことは許せないわ」

「そのとおりよ。ついに彼はわたしの心から出ていったわ」

そして、数週間が過ぎるあいだに、それは本当のことのように感じられた。アガサはカースリーの生活に再びなじみ、北キプロスの冒険は悪夢のように感じられた。キプロスの殺人事件が解決したことはイギリスの新聞やテレビでも報道されたが、アガサの名前は報道されなかった。「わたしは無名の探偵なのよ」ビル・ウォンが家に寄ったときに、アガサはそうぼやいた。

「そのために警官がいるんですよ」ビルはいって、楽しげに目を輝かせた。「どこの国でも、警察がすべての手柄を独り占めするんです」

「わたし向けの殺人事件はないの、ビル？」

「ありませんよ。それどころか、いつになく長いあいだ平穏な日々が続いてますね。こういう状態がずっと続くといいけど。あなたはどういう計画なんですか？　静かな引退生活に落ち着くとは信じられないんですが」

「今はそれだけが望みだわ。とはいえ、村で探偵仕事もしているのよ」

「なんですって！」

「ミス・シムズがどこに読書用眼鏡を置いてきたか発見したし、フレッチャー家の行方不明の犬を見つけたわ」

「たいしたものだ」

「そういうことが性にあってるのね。それに村の老人のためにクリスマスパーティーを開く仕事を引き受けたの。おかげでずっと忙しいわ」

「人生に男性は登場してないんですか、アガサ？」

「ええ」アガサはつっけんどんに答えた。「それに、そのほうがいいわ。男性なんて必要ないもの」

「すべての女性があなたみたいに感じているんじゃないかという気がしてきましたよ」

「不幸な恋愛をしているのね、ビル」

「ミルセスターの薬局で働いている女の子がいるんです。小柄なかわいい子でね。とても楽しく過ごしていた。ぼくに夢中なように見えたんですよ。だけど、急にそっけなくなって、今はオックスフォード・ロードの修理工場で働いている入れ墨をしたチンピラとつきあってます」

「彼女を家に連れてきて、ご両親に会わせたの？」

「当然そうしましたよ」

これからもそれが破局の原因になるわ、とアガサは思ったが、ひどい母親が有望な花嫁候補を追い払っているのだと、ビルに指摘するのはやめておいた。ビルは両親を崇拝していたからだ。

電話が鳴った。アガサは受話器をとった。

「やあ、アギー。チャールズだ」

「元気にしていた？」チャールズは自分のことを忘れてしまったと思いかけていた。

「退屈しているよ。ディナーに行こう」

「どっちのおごり？」

「わたしだ」

「じゃあ、いいわよ」アガサは図々しくいった。「どこで？」

「ストラットフォードあたりの店に行こうよ。〈マークス・アンド・スペンサー〉で待ちあわせってことでどうかな」

「だめよ、チャールズ。わたしをディナーに連れだしたいなら、ここに八時に迎えに来て」

「すごい遠回りになるよ」

「わたしはモートンで食事をしたいわ」アガサはきっぱりといった。

「わかったよ、アギー。じゃ、八時に」

「誰だったんですか？」ビルがたずねた。

「サー・チャールズ・フレイスよ」

ビルは内心にやりとした。アガサはずいぶん変わったと思った。昔の自信のないアガサだったら、準男爵に家に迎えに来るように命令することなんて絶対になかっただろう。


アガサとチャールズはモートンのパブにいて、キプロスでのできごとについて語りあっていた。

「ジョージとアンガスとトレヴァーはどうしているかしらね」アガサがいった。

「さあね。実のところ、あの三人のうちの誰かを見かけたら、全力で逃げるよ。ジェームズから連絡はあった？」

「いいえ」

「じゃあ、あなたは白馬にまたがった騎士が現れるのをずっとずっと待っていて、残されたのは馬糞の臭いってだけなのかな？」

「あなたって驚くほど無神経なのね、チャールズ」

「ああ、しかし、わたしはあなたの面倒を見るためにそばにいたけど、彼はいなかった。本当にタフィーをデザートに食べるのかい、アギー？　ウエストの贅肉は気にならないのか？」

「ウエストを気にするのに疲れたの。運動にも厳しいダイエットにもね。細いウエストにはさよならのキスをするつもりよ」

「代わりにわたしにキスさせてほしいな」

「お行儀よくして、デザートを食べなさいな！」

チャールズは彼女を家まで送った。いつもの習慣で、アガサはジェームズのコテージをちらっと見て、あっと息を呑んだ。階下の窓で明かりが瞬き、煙突から煙がたなびいていたのだ。

「ジェームズが帰ってるわ！」アガサは叫んだ。

「たしかにそのようだな」チャールズはいうと、彼女のコテージの外に車を停めた。

「ナイトキャップに誘ってくれないのかい、アギー？」

「いいわよ、どうぞ」アガサは大胆にもいった。

二人が車から降りたとき、ジェームズがコテージのドアから出てきて彼らのほうをじっと見た。

アガサはドアの鍵を開けながら、肩越しに大きなはっきりした声でチャールズにいった。

「入ってちょうだい、ダーリン」

「今行くよ、かわいい天使ちゃん」チャールズが陽気に答えた。

アガサのドアがバタンと閉まった。

ジェームズ・レイシーはその場にしばらく立ち尽くしていたが、自分の家に戻っていき、ドアを勢いよくたたきつけて閉めた。あまり力をこめたので、その音はカースリーの静かな通りにこだまし、村を見下ろす丘の上の農場の犬が驚いてワンワン吠えはじめた。

訳者あとがき

シリーズ五作目の前作『アガサ・レーズンの結婚式』で、アガサとジェームズとの関係は劇的に変わりました（未読の方はネタバレになってしまいますので、このあとは『アガサ・レーズンと貴族館の死』と『アガサ・レーズンの結婚式』をお読みになったあとでごらんください）。二人の結婚式にアガサの死んだと思っていた夫ジミーが登場するというとんでもない展開になるのです。恥をかかされたジェームズは、アガサと協力してジミーの殺人事件を調べたものの、事件が解決すると一人で北キプロスに旅立ってしまいました。押しが強いことを売りにしているアガサは、牧師夫人が止めるのも聞かず、ジェームズとよりを戻したい一心で彼を追って北キプロスへ向います。

というわけで、シリーズ六作目の本書は、これまでの作品とはちがい、舞台はイギリスのコッツウォルズではなく北キプロスです。アガサとジェームズ、それにクルージングで知り合った観光客グループや現地で偶然にも再会した準男爵チャールズ（『アガサ・レーズンと貴族館の死』に登場する貴族です）たちは、北キプロスの名所を観光して回るので、読者もちょっとした観光気分を味わえるでしょう。そして、お約束の殺人が起き、アガサは素人探偵にのりだし、またもや命を狙われる羽目になります。

北キプロスは治安もよく、食べ物はケバブをはじめおいしそうですし（アガサたちは毎日、レストランで珍しい料理を食べ、ワインを飲んでいます）、物価も安く住人は人なつっこいので、観光地としてポイントが高そうです。ただし、この作品は一九九七年に出版されているので、その後、多少の変化もあるかもしれません。北キプロスの最近の観光ブログなどを見ると、相変わらず物価はヨーロッパの他の国に比べて安いようですが。

これまでの作品でもお気づきのように、このシリーズは第一作『アガサ・レーズンの困った料理』が一九九二年に書かれ、今もなお続いているシリーズですので（二〇一四年にシリーズ二十五冊目の *Agatha Raisin and the Blood of an Englishman* が出版されています）、最初の方の作品では、まだ携帯電話は登場していません。そのため、本書でのような行き違いが生じ、それがストーリー展開に大きな役割を果たします。また、アガサやジェームズの行動に、おや？　と思った方もいらっしゃると思いますが、最近ほど個人情報保護についてうるさくない時代だったことも念頭に置いて読んでいただければと思います。

本書のいちばんの読みどころは、結婚直前で破局したジェームズと、偶然に北キプロスで再会したチャールズという二人の男性とアガサの関係でしょう。押しが強くて口が悪い、がっちりした体型のオバサンというイメージが強いアガサですが、脚はとてもきれいですし、ボブの髪はつややかで、服装にもとても気を遣っています。しかも、さまざまな経験を積んできただけあって話題も豊富でおもしろいし、びっくりするほどピュアなところもあります。ですから意外に、といってはアガサには失礼ですが、男性にもてるのです。本書ではチャールズと、さらに別の男性からもアプローチがあり、アガサファンとしてはとてもうれしく（同時にうらやましく）感じました。同じ中年女性として元気が出ました。

若くてきれいな女性だけではなく、味のある中年女性がもてる話は痛快です。同じ中年女性として元気が出ました。

とはいえ、湿気で脚の毛がぼうぼうに生え、メイクも汗で流れてしまい、ウエストラインが気になるアガサは、三十代まではこんな悩みはひとつもなかったのにと嘆きます。

作者のビートンも、五十代になってから「メンテナンス」の日々が始まったと嘆いています。美顔器で顔の筋肉を鍛えることをさぼっていると、ひさしぶりにアイラインを引こうとしたときに、まぶたがなくなっているのに気づいたという話には、あるある、と苦笑い。また、六十代のハゲた男性に年寄り扱いされたことに憤慨して、思わず悪態をつきたくなったときには「アガサ、おとなしくして」と心の中でつぶやきながらこらえたとか（ちなみにビートンは今年七十九歳です）。でも、そのあとでフェイスリフト手術はいやなので、顔の筋肉を動かすことでリフトアップするエステに行ったと語っています。身につまされる話です。それにしても、アガサと同じように、自分の老化もそんなふうにユーモアをまぶして笑い飛ばせるビートンは、実際に会っても楽しく魅力的な女性にちがいありません。

次作 *Agatha Raisin and the Wellspring of Death* では、コッツウォルズの泉で変死体が発見され、アガサがまたまた事件の調査にのりだします。今回は泉の水の利用権を巡る政治的な駆け引きもからんでいるようで、お役人相手にアガサはどんな活躍を見せてくれるでしょうか。また、本書の期待を持たせる終わり方のせいで、アガサの恋愛模様からも目が離せません。二〇一六年前半には七作目をお届けできると思いますので、どうぞご期待ください。

コージーブックス

英国《えいこく》ちいさな村《むら》の謎《なぞ》⑥

アガサ・レーズンの幻《まぼろし》の新婚旅行《しんこんりょこう》

著者　M・C・ビートン
訳者　羽田詩津子《はたしずこ》

2015年　6月20日　初版第1刷発行

発行人　成瀬雅人
発行所　株式会社　原書房
〒160-0022 東京都新宿区新宿 1-25-13
電話・代表　03-3354-0685
振替・00150-6-151594
http://www.harashobo.co.jp
ブックデザイン　atmosphere ltd.
印刷所　中央精版印刷株式会社

落丁・乱丁本はお取り替えいたします。
定価は、カバーに表示してあります。
 ISBN978-4-562-06040-5 Printed in Japan